거미와
뜨개질

거미와 뜨개질

1판 1쇄 발행 | 2018년 12월 10일

지은이 | 조승연
발행인 | 이선우
펴낸곳 | 도서출판 선우미디어

등록 | 1997. 8. 7 제305-2014-000020
02643 서울시 동대문구 장한로12길 40, 101동 203호
☎ 2272-3351, 3352 팩스: 2272-5540
sunwoome@hanmail.net
Printed in Korea ⓒ 2018. 조승연

값 13,000원

※ 잘못된 책은 바꿔 드립니다.
※ 저자와의 협의하여 인지 생략합니다.
※ 이 도서의 국립중앙도서관 출판예정도서목록(CIP)은 서지정보유통지원시스템
   홈페이지(http://seoji.nl.go.kr)와 국가자료공동목록시스템(http://www.nl.go.kr/kolisnet)에서
   이용하실 수 있습니다.(CIP제어번호: CIP2018040126)

ISBN 978-89-5658-594-9 03810

조 승 연 수 필 집

거미와 뜨개질

선우미디어

유익한 견문과 진실한 사랑이야기

김병권 수필가

우리는 길을 가다가 좋은 경치만 보아도 그 잔영(殘影)이 오래 도록 뇌리에 남아 그 때 그 시절을 곧잘 회상하게 된다. 더구나 좋은 사람과의 만남은 평생 동안 잊혀 지지 않는 길벗으로 발전하 기도 한다. 그래서 우리의 선인들은 인연의 소중함을 그 무엇보다 귀하게 여겨오고 있는 것이다.

내가 조승연 작가와 만난 것은 벌써 10여 년 전으로 거슬러 올 라간다. 문우 박도영 작가의 점심초대를 받은 자리에서 첫 대면을 했는데 그것이 벌써 10년 세월을 훌쩍 넘겼으니 새삼 세월의 무상 함을 느끼게 된다.

조승연 작가는 그동안 늦깎이로 출발한 문학의 길에서 남다른 견인불발(堅忍不拔)의 끈기로 착실하게 연찬하여, 이번에 첫 수필 집으로 ≪거미와 뜨개질≫을 상재하게 되었음을 충심으로 축하해 마지않는다.

이 작가의 글은 자신이 겪고 느낀 것을 가까운 친구에게 소곤소곤 속삭이듯 정감어린 화법으로 표현하고 있어 잔잔한 감동의 울림으로 다가온다. 그리고 유익한 지식과 견문과 진실한 사랑 이야기를 진지하게 고백하고 있음이 돋보인다.

그 중에서도 어머니의 마지막 운명(殞命)을 지켜준 담당의사와 간호사에 대한 고마운 정을 잊지 못해 〈등불〉이라 명명(命名)하고 심석(心石)에 새긴 후 30여 년 동안 찾아보았지만 끝내 찾지 못했다는 아쉬움을 토로한 필자의 호소는, 독자로 하여금 마치 자신의 일인 양 가슴을 아리게 한다.

또한 이 작가가 심혈을 기울여서 쓴 〈창작의 길〉은 〈쉼 없는 독서의 힘이 뒷받침 되지 않으면 한 사람의 당당한 작가가 될 수 없다〉는 신념으로 남 몰래 각고면려(刻苦勉勵)해 왔음을 고백하고 있음이 깊은 감동을 자아낸다. 특히 '인생은 팽이와 같은 존재여서 쉼 없는 고통의 채찍을 맞지 않으면 결코 강성해질 수 없다.'는 자각은 그 나름대로 큰 울림을 주는 고백이라 할 것이다.

책을 읽어 감동을 받게 되면 우리의 의식세계는 평생 동안 그 영향을 받게 된다. 그래서 '책은 인생행로를 바꾸어놓는 운명의 신'이라는 격언까지 생겨나게 된 것이다.

그리고 이 수필집의 제목이 된 작품 〈거미와 뜨개질〉은 이 작가의 사상과 상념을 총체적으로 집약해서 형상화한 창조정신의 구현이라 할 수 있겠다.

어머니가 돌아가신 후 중·고등학교 근처에 서점을 낸 작가는 무료함을 달래기 위해 레이스 뜨개질을 생각해 냈다. 마침 친정집 마당가 정원수에 쳐졌던 수많은 거미줄에서 착상하여 응접실 소파에 새 커버를 뜨기로 했던 것이다.

거미가 아침마다 새로운 거미줄을 치듯 나도 새로운 무늬를 뜨고 또 떠서 창가에 걸기도 하고 커다란 식탁보는 생일상에 덮여져 보는 기쁨을 배가시키기도 했다.

이렇게 술회하고 있는 작가는 저 거미가, 자신의 몸무게보다 4천배나 무거운 것을 지탱하듯이, 자신의 삶에 아무리 거센 바람이 몰아치더라도 결코 무너지지 않으리라 다짐하고 있는 모습이 매우 믿음직스럽게 느껴진다.

오늘날 우리 사회에 노정되고 있는 갖가지 부조리현상을 바라보면서 새삼스럽게 문학의 중요성을 생각해 본다. 문학은 인간의 심성을 정화 고양시켜 아름다운 사회를 지향하게 하는 정신적인 에너지임을 생각할 때, 이 작가에게는 능히 그런 기대를 걸어도 되겠다는 생각이 든다.

아무쪼록 초심을 잊지 말고 더욱 정진하여 우리 수필문단에 큰 별이 되어주기를 기대해 마지않는다.

작가의 말

무척 늦은 결혼이었다.

요즘은 비혼(非婚)이 많고, 만혼(晩婚)도 흔하지만 지금 시류에 비교해도 늦었다.

아마도 때를 기다렸음인가! 늦게 만난 소중한 인연을 갈무리하여 서로 등을 기대며 따스함을 느끼고 싶었다. 다행히 남편은 다정다감하고 가정을 소중히 여기는 사람이라 그런 내 바람을 배신하지 않았다.

그렇다고 어찌 쉬운 일이었으랴!

새로운 환경에 적응도 하기 전, 노환이려니 여겼을 뿐 아무도 인지 못한 지병을 앓고 계셨던 어머님의 마지막을 지켜야 했던 새댁의 처지가 녹록하지 않았다.

마치 한 발은 문 안에, 또 한 발은 문밖에 서있는 듯한 아득함으로 힘들었던 날들도 있었다. '나는 온전한 가족인가' 하는 정체성으로 마음이 혼란스러웠던 날도 있었다.

그럼에도 남편을 선택하여 결혼한 일은 잘한 것 같다.

수필은 사실을 토대로 쓰는 문학 장르다.

책 제목을 ≪거미와 뜨개질≫로 정한 이유는 우리부부가 함께 해온 생활의 기록을 수필이라는 보따리에 담았기 때문이다.

진 웹스터 작 ≪키다리 아저씨≫의 저비스와 쥬디처럼 남편은 내게 '키다리 아저씨'로 다가왔다.

어릴 적 꿈꾸었던 문학이 그냥 꿈으로 사라질 줄 알았다. 아프지 않은 삶이 어디 있으랴만 일찍 겪어야 했던 고달픔으로 문학에 대한 꿈을 접은 줄 알았는데 아니었다. 문학은 항상 내 곁에서 보듬어주며 힘을 보태주었다. 10여 년 동안 일기를 쓰며 많은 위안으로 삼았다. 그러나 글쓰기는 젊은 날 내 삶의 쉼표였을 뿐 내가 가질 수 없는 보석으로 알고 단념했던 것 같다.

남편은 잊은 줄 알았고, 포기했던 문학수업에 내 등을 밀어주었다.

출판을 미루는 내게 그동안 틈틈이 써둔 원고를 모아 출간도록 격려하여 주었다. 남편의 독려에 '지금이 때인가 보다.' 여겨져 여기저기 발표했던 글들을 모아 출간을 결심했지만 부끄럽기는 마찬가지다.

시간은 정직하다.

내가 한 대로 따라하는 남편을 보며 그동안의 세월이 헛되지 않았음을 느낀다.

부질없다고 출간을 미뤘던 마음자락에 책임감과 함께 기뻐할 얼굴들이 떠오른다. 어머니는 미안한 마음에 눈물 흘리시며 기뻐하셨을 테고, 어머님은 경로당에 가셔서 자랑을 하셨을 터다. 내 생의 버팀목이던 동기들, 오랜 세월 믿음으로 지켜보아 주신 주지 스님, 나를 귀하게 여기는 시 형제들 어찌 고마움이 이들뿐이랴. 문학인으로 거듭나게 해주신 김병권, 박도영 선생님. 책을 예쁘게 꾸미려 고민을 심하게 하신 선우미디어 사장님, 끝으로 내 키다리 아저씨에게 감사를 전한다.

2018년 12월

조승연

chapter 03 가을 秋

chapter 04 겨울 冬

chapter 01

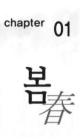

나 역시 힘들었던 뿌리 내리기 과정을 겪고서야
지금의 내 자리에 안착했다.
운명은 우리를 단단하게 만들려고
사이사이 시련을 장치했나 보다. 약한 바람이,
생명에 대한 본능을 일깨워 뿌리를 깊이 내리게 하고
강한 바람에 흔들리지 않는 거목으로 키우는 것처럼,
시련은 강하게 만드는 마력을 지닌 듯하다.
바람에 흔들려보지 않은 삶은
살아가는 이치와 더 큰 세상을 모를 것이다.
— 본문 중에서

뿌리 내리다

나는 햇살의 길이로 우리 곁에 봄이 가까이 온 것을 느낀다.

3월이 되자 햇살이 집안 깊숙이 들어오기 시작했다. 한자리에서 오랫동안 살아온 경험이 집안으로 들어온 햇살 위치와 양으로 봄을 측정한다고나 할까! 지난겨울이 아무리 매서워도 시간의 흐름은 따뜻하게 오는 봄을 막지 못한다.

우리 집 봄맞이의 연례행사는 하늘정원에 거름 주는 것으로 시작한다.

땅심을 돋우어 상추·가지·고추 등이 잘 자라도록 환경을 만들어 주면 머지않아 우리 집 식탁을 풍성하게 해주리라.

하지만 올봄에는 또 다른 계획을 세웠다.

우리 집은 지은 지 20년이 되어간다. 새집 지은 기쁨에 옥상을 아름답게 꾸미고 싶어 벽돌로 쌓은 직사각형 혹은 타원형 밭을 대여섯 개 만들었다. 밭 크기에 따라 향나무·주목·잣나무·회양목을 심었고 가운데 밭에는 작물을 심었다. 1년생 작물이야 해마다 심으니 문제가 없는데 옥상 가에 심은 나무가 세월을 거듭하자 뿌리가 번성하리라는 생각이 들었다. 가지치기는 남편이 1년에 두 번꼴로 짧게 자르지만 눈으로 볼 수 없는 흙속의 뿌리는 근심이 되었다. 집이 오래될수록 작은 균열이 생길 것이고 그 균열 속으로 뿌리가 들어가면 어쩌나, 집이 나이를 먹어갈수록 우리부부의 근심도 커졌다.

터를 잡고 보기 좋게 자란 교목을 없애기도 아까울 뿐더러 벽돌을 허물고 흙을 모두 퍼내는 공사도 만만치 않고. 그대로 두자니 앞으로 화근이 될 터, 신중하지 못했던 선택은 처음의 기쁨이 애물로 변했다. 애초 조경할 때 나무를 분에 심었더라면 하는 후회가 이제와 무슨 소용이겠는가.

그동안 정성들여 기른 나무를 살리고 혹시 있을지도 모르는 균열 속으로 뿌리가 뻗는 것을 방지할 방법을 생각해냈다.

나무 심은 분(盆)을 땅 속에 묻어 여름의 강한 햇볕과 겨울 추위로부터 뿌리를 보호하고 뿌리가 집으로 뻗는 것을 막기로 하였다.

어린 나무를 심었을 때의 뿌리 크기를 가늠하며 남편은 작은 통을 쓰자고 하였지만 나는 밭 폭에 맞추어 플라스틱 큰 통을 샀다. 물구멍을 몇 개 뚫은 후 그 중 크기가 작은 회양목과 명자나무부터 시도했다.

흙을 퍼내자 의외로 뿌리가 무성했다. 잔뿌리가 다치지 않게 조심하고 긴 뿌리는 적당한 길이에서 잘랐다. 마치 모태와 이어진 탯줄을 자르고 독립시키듯.

들어낸 나무 밑에 분으로 쓸 통을 넣고 다시 나무를 넣은 뒤 뿌리는 분 안으로 몰아넣은 후 흙을 덮어줬다. 분재 기르듯 처음부터 화분 안이 나무의 우주인 양 자라게 했으면 좋았을 것을.

덩치가 제법 큰 향나무 한 그루가 남았다.

일주일 후 우리부부는 오전부터 서둘러 향나무를 캐냈다. 지난주 작업을 해본 경험이 있어 내가 호미로 뿌리 주위의 흙을 파서 한 곳으로 몰아놓으면 남편이 삽으로 흙 파내는 작업을 나무를 중심으로 돌아가며 했다.

뿌리 가까운 곳은 드라이버를 이용하여 흙을 털어냈으나 나무가 커서 우리 둘이 들어내기에는 역부족이었다. 아래층 청년들의 도움으로 나무 밑에 분용(盆用) 통을 넣어주고 뿌리는 모두 분 속에 넣었다. 흙이 뿌리 사이로 잘 내려가게 나무를 살살 흔들어 주었다.

나무를 옮겨 심으면 터를 잡기까지 몸살하기 마련인데 뿌리가 분 속에 갇히기까지 했으니 적응하는 기간은 몹시 힘들 것이다.

살아갈 근거지에 정착하는 것을 우리는 뿌리 내린다고 한다. 사람이나 식물이나 살던 자리를 옮기면 몸살을 한다.

나 역시 예외는 아니어서 결혼초기 몸살을 심하게 앓았다. 더구나 건강이 나빴던 어머님이 자리에 눕고 어머님의 대소변을 받아낼 상황에 이르자 새댁인 나는 아연할 수밖에 없었다. 친정부모 돌아가시고 동생들 거둔 것으로 내 시련은 끝났을 거라 믿고 싶었던 내게, 이런 일이 없기를 간절히 바랐건만 막상 닥친 일 앞에서 어찌하랴.

'여우 피하려다 호랑이를 만난다.'는 속담이 있듯 어차피 내가 치를 일이라면 피하지 말자고 결심했다. 홍자성의 "채근담" 한 구절이 떠올랐다. '하늘이 내게 복을 박하게 주면 나는 덕으로 받겠다.'는 요지였을 것이다. 운명에 끌려 다니지 않겠다는 오기도 발동했다. 다행히 남편은 내게 따뜻한 햇볕과 지지대가 되어 바람으로부터 보호해 주었다.

어머님의 병수발은 자식이 해야 할 당연한 도리가 아니라 내 뿌리 밑에 흙을 흘려주는 바람 역할이 되어 안착하는 계기가 되었다.

나무를 이식한 후 뿌리내릴 때까지는 거름을 주지 말라던 친구 아버님 말씀을 생각하여 거름은 주지 않았다. 너무 좋은 환경은 당장은 좋은 듯하나 뿌리가 깊이 내리지 못한다. 고목이 되려면 나무인들 시련이 없겠는가. 바람에 생가지가 찢기는 아픔과 병충해에 시달리며 나무는 오랜 세월 견디었음이라. 인간이나 동·식물 생명 있는 것들이 사는 동안 피할 수 없는 공통의 숙명일 것이다. 나 역시 힘들었던 뿌리 내리기 과정을 겪고서야 지금의 내 자리에 안착했다. 운명은 우리를 단단하게 만들려고 사이사이 시련을 장치했나 보다. 약한 바람이, 생명에 대한 본능을 일깨워 뿌리를 깊이 내리게 하고 강한 바람에 흔들리지 않는 거목으로 키우는 것처럼, 시련은 강하게 만드는 마력을 지닌 듯하다.

바람에 흔들려보지 않은 삶은 살아가는 이치와 더 큰 세상을 모를 것이다.

오늘따라 옥상의 나뭇잎이 유난히 푸르다.

봄바람

봄이 오는 순환기의 나무에게서는 힘이 느껴진다.

벚나무의 섬세한 가지 끝이 마치도 파란하늘을 배경으로 레이스 무늬를 보듯 아름답다. 굵은 목련가지에서는 컴퓨터그래픽에서 보았던 수액을 뿜어 올리는 듯한 착시현상까지 일으킨다. 늘어진 버드나무 가지도 유록색으로 아른아른거린다.

어릴 적에는 겨울철 잎 떨어진 암갈색 고목에선 귀신이 나올 것 같았고, 가지를 흔들고 지나가는 매서운 바람소리는 귀신울음처럼 들려 무서웠다.

나이를 먹어 자연의 이치를 깨달으니 잎을 떨어낸 나무가 더이상 무섭거나 쓸쓸해 보이지 않는다.

우리가 시련을 겪을 때는 마치 '겨울인 양 춥다'고 한다. 하지만 일이 풀리면 봄이 왔다고 자연에 빗대어 이야기한다. 봄은 순환하는 계절에서 가장 따스하고 희망을 이야기하기에 무리가 없기 때문이 아닐까!

겨울 잎은 봄이나 여름만큼 양분을 만들 수 없다. 잎이 기공을 열어 수분을 뿜어내면 나무가 수분 부족에 시달리기에, 나무는 가지에서 잎으로 가는 양분의 통로를 막아 잎을 떨어버린다. 나무 잎은 자기 터전을 떠나야 하는 아쉬움을 고운 단풍으로 물 들여 흐드러지게 잔치한다는 글을 읽고서는 자연의 오묘함에 감탄했다. 적을 만나면 꼬리를 자절(自切)하는 도마뱀이 떠올라 살아가는 다양한 방법에 대하여 배우게도 됐다.

몇 년 전 어머님 간병을 했었다. 하루에도 몇 번씩 어머님의 대소변을 처리하는 내게 남편은 잠시나마 신선한 공기를 맡게 해주려고 일요일이면 망설이는 나를 데리고 산책에 나서곤 했다.

기저귀를 확인하고 체위를 바꿔드리고 1시간 거리의 '어린이대공원'이나 건국대 캠퍼스로 간다. 잎이 떨어지지 않은 나무는 그 잎이 쓸데없이 영양분을 축내고 있는 듯해 염치없어 보이기까지 했다.

"가야하는 때가 언제인가를／ 분명히 알고 가는 이의／ 뒷모습은 얼마나 아름다운가"라는 이형기의 시 〈낙화〉를 떠올리며 계절이 바뀌도록 달려있는 잎을 흘겨보았다.

인연이 다한 자리를 떠나지 않기는 인간의 세계나 자연계나 염치없기는 마찬가지라며 조소하는 마음속에 혹여 어머님의 처지도 떠올렸을까? 일반론이라 해도 간병하는 며느리의 입장에서는 스치는 생각만으로도 부끄럽다. 지금은 아버님 곁으로 가신 어머님!

어머님 간병이 끝난 후 갑자기 찾아온 공백에 허허로워 하자 남편은 내게 공부를 권했다.

문학에 갈증을 느끼던 나는 '수필창작'반에 등록했다.

평소 즐기던 장르는 아니지만 배우는 즐거움과 새로운 인연들이 참 좋았다. 동경하던 문학을 향한 오랜 꿈이 늦게나마 이뤄질 수도 있겠다는 희망에 마음은 부풀었고 참 나를 발견해준 남편이 새삼 고마웠다.

'봄바람은 차별 없이 불어오지만 살아 있는 가지라야 눈을 뜬다.'

생각만으로는 아무 것도 이룰 수 없다. 준비된 자만이 기회를 잡을 수 있다. 지난날 내게 주어진 시련은 봄을 향한 담금질이었던가.

아, 나도 살아 있는 가지이고 싶다.

레이스 뜨개질

올해는 봄이 더디게 왔다.

춥고 유난히 변덕스럽기까지 했으나 4월도 중순을 넘어가자 비로소 봄꽃 화사한 계절이 되었다. 어린이대공원 구의문 길 양옆으로 만개한 벚꽃 아래를 마치 사열하듯 당당하게 걷는다. 꽃잎은 바람에 눈처럼 하늘하늘 날렸다.

버드나무는 유록색으로 물들었다.

자연 풍광이 계절에 맞게 바뀌자 신체도 기지개를 켠다. 움츠렸던 몸에 힘이 실리고 겨우내 답답했던 실내에도 봄기운으로 바꾸고 싶어지는 마음이다.

동절기간 잠겼던 창문을 열고 청소를 한다. 다음은 상 위를 덮었던 레이스와 커튼을 떼어내어 삶고 풀 먹여 손질할 순서다.

거실과 주방 경계선 천장 아래에 단 바란스 커튼은 폭이 30cm에 길이가 약 450cm다.

레이스 끝에는 콩나물 잎이 펴진 모양으로 세 개씩 길이가 다르게 달려 콩나물 무늬라 한다. 풀 먹인 바란스를 거실 바닥에 길게 펼쳐 무늬를 바르게 잡은 뒤 살짝 말려서 걸어야 주름이 지며 늘어진 모양이 예쁘다.

이 바란스는 같은 무늬에 길이만 조절하여 꽤 여러 장을 뜨개질하여 지인들의 아파트 집들이 때 선물하기도 했다.

딸이 결혼했을 때도 같은 무늬로 떠서 거실과 베란다 경계의 천장에 달아주었다.

거실에 펴놓은 교자상을 씌운 레이스는 뜨개질 교본에서 장미를 두 송이 빼고서야 교자상 규격에 맞출 수 있었다. 교본의 무늬를 살려서 치수를 맞추기는 어렵다. 원하는 규격을 얻기 위해 교본에 표시된 다른 굵기의 실과 바늘로 뜰 때도 있다.

그런 의미에서 콩나물 바란스는 반복되는 무늬를 길이만 조절하므로 선물용으로 안성맞춤이다. 안방 창에는 콩나물 무늬를 폭이 60cm에 약 270cm 길이로 떴다. 여름철 열어 둔 창문으로 불어오는 바람에 흔들리는 커튼은 보기에는 좋은데 어머님 간병하며 병원에서 뜬 커튼이라 아픔도 있다.

삶이 버거워 지쳐있을 때 친구 S로부터 레이스 뜨개질을 배웠다. 그녀 따라 작은 소품으로 시작했는데 정적인 나의 적성에 맞았는지 내가 더 재미를 붙였다. 탈출구가 없다고 느끼던 곤고한 생활에서 그나마 내가 몰두할 대상을 찾은 것이리라. 그 시절의 내가 한 일은 독서 아니면 뜨개질이었다. 아름다운 무늬는 내 우울한 생활을 덮어주는 마법이었고 신기루였다. 손가락에 감은 가늘고 하얀 실에서 빚어지는 새로운 무늬에 나는 뜨개질의 즐거움을 멈출 수 없었다.

포도는 내가 즐겨 먹기도 하고 레이스 뜨기에도 좋아하는 무늬다.

80년대 중반, 뜨개질 교본에서 포도무늬 식탁보 사진을 보는 순간 대작임에도 도전을 결심할 정도로 내 마음에 들었다.

포도 네 알을 포도 잎이 가리고 있는 모티브와 포도송이에 잎 덮인 모티브를 떠서 번갈아 이은 레이스는 약 120cm에 180cm가 되는 크기라 사용을 자주 못했다. 친구 아버지 환갑상, 조카 돌상 등 사용 횟수는 적지만 보는 이들이 눈독을 들였던 작품이다. 외국에서 온 친구는 팔라고 졸랐지만 다시 도전할 것 같지 않아 친구에게 넘기지 못했다.

나는 여러 사람에게 자랑스레 보였고 그럴 때마다 무수히 죄를 짓는 듯했다. 보는 이들이 탐을 내니 혹여 잃어버릴까 두려워 보는 데서는 갈무리를 안 했다.

"이 사람 저 사람 의심을 하니까 잃어버린 사람 죄가 더 크다."
라시던 어머니 가르침이 생각났지만 자랑하고 싶은 욕심을 누르지 못했다. 물건을 많이 지닐수록 마음에 평화를 얻기 어렵다는 걸 젊은 나이에 깨우쳤으나 남을 의심했던 죄의 보속으로 삼기엔 부족한 마음이다.

지금은 가족 모임이 있을 때 교자상 두 개를 붙인 후 그 레이스를 덮어 사용하니 오랜만에 이제야 제 기능을 하는 셈이다.

좋아하는 레이스가 또 한 장 있다. 포도무늬 후속작으로 가로 세로가 각각 약 1m 가량 되는 장미무늬의 레이스다. 대개는 같은 크기의 모눈을 메꾸어 무늬를 만들어 내는데 꽃잎 속 모눈을 때로는 반으로 줄여 섬세하게 표현했다. 섬세함에 반해 오랜 시간 공들여서 잇지 않고 통으로 뜨개질했다. 그런데 규격에 맞는 상이 없어 직사각형의 상에 덮으니 무늬를 다 보이지 못하고 반쪽 모습만으로 사용한다. 언젠가는 제 모습을 찾아주고 싶다.

소파 위 둥근 쿠션도 있다. 모눈 속에 포도 잎을 뜨고 포도송이는 알맹이 하나하나 짧은뜨기로 따로 떠서 송이 모양에 맞춰 바늘로 꿰맸다. "포도 알맹이 따지 마세요. 아직 안 익었어요."라는 내 우스개에 장단 맞춰 주시던 어머님은 이제 안 계시다.

요즘은 가는 면실로 레이스 뜨는 모습을 보기 드물다. 예전처럼 귀하게 여기는 분위기도 아니다. 삶아서 풀 먹여 손질하는 과정이 귀찮은 것도 하나의 이유가 될 것이다. 나 역시 지금은 시력 보호를 이유로 더 이상 뜨개질을 하지 않는다. 앞으로 뜨개질을 더 할 수 없다는 조건과 내 젊은 날의 추억이 담겨 있어 소장한 작품

들이 귀하게 여겨진다.

　서점을 할 때는 칠이 벗겨진 허름한 탁자나 박스에 씌우면 낡은 모습이 산뜻하게 바뀌고, 탁자 위에 꽃 한 송이 올리고 지인들과 차를 마시며 즐거워했다. 또한 레이스 씌운 박스는 간이화장대로 썼다. 햇볕 드는 식탁 위의 하얀 레이스는 정결하고, 화려한 꽃무늬는 마음이 풍요로워져 신산한 삶에 위안이 되기도 했다. 레이스 받침이 놓인 찻잔 속 커피에 에이스 과자를 찍어 먹으며 대화를 나누던 지인들 역시 이제는 내 곁에 없다.

　흐르는 시간은 내가 원하든 원하지 않든 많은 것을 추억으로 만들고 그 자리를 새로운 인연들로 채워 놓았다. 요즈음 시류는 새로운 물건이 많고 취향 역시 빠르게 변한다. 하지만 나는 고루하다 할지라도 내 젊은 날의 사연을 간직한 레이스를 소중하게 여겨 오래도록 사용할 것이다. 물건이 그럴진대 사람과의 정이 어찌 가벼우랴! 함께했던 그들이 참으로 그립다.

남도 순례기
-아날로그 여행 2

올여름 휴가지를 남도 쪽으로 결정했을 때였다. 남편은 교통관광지도를 펴놓고 우리가 지나야 할 동선을 형광펜으로 그려 넣었다. 마치도 배가 항해를 할 때 해도에 뱃길을 그려 넣는다는 작업을 연상시켰다.

배가 항해하며 일정(一定)한 시간마다 위치를 잰 후 제 길로 가고 있는 것이 확인되면 온 코오스(ON COURSE)라고 한다.

우리는 일정한 시간은 아니지만 지도책과 이정표로, 인생사에서는 할 수 없는 온코오스를 확인했다.

조계산 송광사 이정표를 찾기 위해 삼거리에서 두리번거리는데 교통경찰이 차를 세운다. 나는 길 물을 사람 있다고 좋아했는데 신분증을 요구한다. 무슨 일인지는 모르겠으나 남편은 불심검문

(不審檢問)에 걸렸다며 황당한 표정이다.

불(佛, 통도사)·법(法, 해인사)·승(僧, 송광사)은 불교의 세 가지 보물이다.

삼보(三寶) 중 승보(僧寶) 사찰인 송광사이니 불심(佛心)검문은 당연하다며 나는 "온 코스"라고 외쳤다.

주차 후 산문에 들어서니 세속에서 정토(淨土)로 들어선 듯 분위기가 다르다.

맑게 흐르는 계곡 물은 화냄과 욕심을 물에 씻어버리고 경내로 오르라는 듯 돌돌 흐르고 좋은 풍광은 넉넉한 품인 양 우리를 맞는다.

조금 전 운주사에서는 남편에게 서운했었다. 오래 별러서 찾은 곳이기에 여유로운 시간을 갖고 싶었지만 남편은 시간과 장소로 우리의 온 코스를 계산하고 있었던지 바삐 등을 돌려 심기가 편치 않았다.

새소리 물소리를 벗 삼아 쉬엄쉬엄 오르니 요사채 옆으로 살구빛 상사화 군락이 눈에 띈다. 상사화는 꽃과 잎이 만날 수 없어 붙여진 이름이다. 어느 날 꽃대가 솟고 그 끝에 꽃송이가 서너 개 핀다. 꽃이 지면 꽃대 주위로 땅에서 잎이 솟는다. 현생에 짝이 없이 홀로 수행하는 수도처 사찰에 잘 어울린다는 느낌은 나만의 생각일까.

국사(國師)를 16인이나 배출한 승보 종찰이라는 명성에 걸맞게 경내는 단정하고 특이한 물건과 장소들도 있었다.

성보박물관, 일곱 가마니의 쌀이 들어간다는 비사리구시 외에 다른 사찰에서는 볼 수 없는 전각이 있다. 천도재에 임하는 영가가 머물며 세속의 욕망과 허물을 씻는 척주각(滌珠閣)과 세월각(洗月閣)이다. 척주각(구슬 씻는)의 주는 남자, 세월각(달을 씻는)의 월은 여자를 뜻한다니 풍정어린 작명에 미소가 절로 떠오른다.

송광사는 개인적으로 특별하게 느껴진다. 금고기술자였던 아버님이 오래 전 금고를 설치한 곳이다. 금고를 보며 아버님의 체취를 느끼고 싶었지만 참배객들 눈에 띄는 곳에 있을 리는 만무하고 금고를 보자고 하면 부부 절도단으로 오해받을 터이려니 생각하며 속으로 웃음을 삼킨다.

아버님은 한 여인에게 순정을 바쳤으나 어머님은 아버님의 그 사랑에 미치지 못하였다. '사랑했으므로 행복하였네'라는 시구(詩句)처럼 행·불행은 아버님만 아실 일, 주관적인 판단은 삼가고 성실하고 근면한 좋은 유전자를 아들들에게 물려주신 아버님이 항상 감사하다.

박물관 기둥에 기대어 하늘을 올려다보니 푸른 하늘에 흰 구름이 떠있다. 선사들은 생각이 일어남과 스러짐, 육신을 구름이 흩어지고 모이는 것에 비유한다.

삼 일 동안 닦은 마음 천 년의 보배되고(三日修心 千載 寶)

백 년 동안 탐한 재물 하루아침 티끌되네(百年 貪物 日 凋盡)

시공을 넘어 불어온 바람이 옛 선사의 가르침을 구름처럼 일으킨다.

선사들은 특히 마음공부에 중점을 둔다. 선을 가까이 하고 악을 멀리해야 한다는 걸 모를 이 누가 있겠는가. 어린아이가 아는 걸 여든 먹어도 실천이 어려운 것을!

우리 부부는 지리산 화엄사 아랫마을에 여장을 풀었다. 낯선 곳에서는 어두워지기 전 숙소를 정해야 안심이 된다며 남편은 섬진강 올갱이국도 포기한 채 운전했다.

어렵지 않게 숙소를 정하고 5분 거리에 있다는 주인의 말에 따라 화엄사로 향했다.

화엄사는 서기 550년대에 세워진 화엄 종찰이다. 백두대간이 흘러들어온 두류산에 연기조사가 절을 세우며 문수보살이 주석하는 곳이라 하여 '지리산 화엄사'라고 했다. 문수보살은 대지(大智)라고 하니 지리산에 오르면 문수의 지혜를 나누어 받을 수 있으려나.

우리가 도착했을 때는 사물(북·종·목어·운판) 소리가 웅장하게 울렸다. 불교에서는 가죽으로 만들어진 북은 네 발 가진 축생, 종은 지옥중생, 목어는 바다생물, 운판은 하늘의 새를 위해 친다. 각황전에서는 스님들의 장엄한 저녁예불이 이어졌다. 각황전(覺

皇殿)의 본래 이름은 장륙전이다. 장륙은 16자 되는 거대한 불상을 뜻하고 3층 높이에 사방 벽에는 옥으로 화엄경을 조각했지만 임진왜란 때 불에 타 지금은 만여 조각만 화엄사에서 보관하고 있다. 조선시대에 2층 높이로 중창하여 숙종이 각황전이라 편액을 내렸고 국보 제67호로 지정되었다. 각황은 부처님을 이르는 이명(異名)이기도 하고 황제를 깨닫게 했다는 뜻이기도 하다. 2층 높이 내부는 통으로 세 분의 부처님과 네 분의 협시보살이 있다.

한여름 더위를 식혀주는 계곡물을 따라 내려오며 문수보살의 지혜로 나도 청량한 삶을 살 수 있기를 기원했다.

또한 지리산 천은사는 성삼재 오르는 길에 있어 보너스로 참배했다.

우리가 지나는 길에 시간 여유가 있으면 보너스를 주겠노라던 남편의 약속이 있었기 때문이다. 또르락또르락 목탁소리 따라가니 비구니 한 분이 천수관음 앞에서 사시(巳時)예불을 올리고 있다.

관음보살은 어려움에 빠진 중생이 간절히 부르면 필요한 이에 따라 모습을 바꾸어 나타난다고 한다. 대자비심이 있어야 중생을 구제할 수 있고 많은 손과 눈이 필요하므로 '천수천안(千手天眼) 관자재'라고도 부른다.

나는 주차장 곁 동백나무 밑에서 씨앗을 몇 개 주웠다. 다행히 싹이 트면 화분을 곁에 두고 항상 관음보살의 자비심을 생각하고 싶다.

이야기가 있는 도시

남편회갑을 기념하여 딸 내외의 주선으로 이탈리아 여행에 나섰다.

약 열한 시간을 비행하여 밀라노에 도착했고, 일곱 시간의 시차 덕에 일행은 숙소에 짐을 내려놓은 후 '두오모 성당'으로 향했다.

공사기간이 약 450년 걸렸다는 건물은 규모면에서도 관광객을 압도하지만 고딕양식형태인 뾰족한 첨탑들은 마치 양초공예처럼 섬세하고 아름다웠다. 135개의 첨탑과 장미문양 창이 특징이라는 밀라노 두오모, 하지만 늦은 시간이라 입장할 수 없었다.

우리는 아쉬움을 접고 두오모 광장과 명품거리를 지나 스칼라 극장 앞에서 사진을 찍고 첫날의 일정을 마쳤다. 이 극장은 이탈리아가 낳은 주세페 베르디의 첫 오페라 ≪오베르트≫와 세계적으로 유명한 ≪나부코≫ 등을 초연했던 곳이다.

다음 날 잠에서 일찍 깬 남편과 함께 식전, 호텔 주위를 산책했다. 숙소 창밖으로 보이던 풀밭에 가니 토끼풀, 민들레, 씀바귀가 싱싱하다.

낯선 곳에서 익숙한 산야초를 대하니 반가웠다. 찻길 옆의 아까시도 우리에게 안심하라는 듯 하얀 꽃송이들이 바람에 살랑인다. 위도가 비슷한 영향인 것 같다며 남편이 여행지에 대하여 공부했던 상식을 드러내 기대가 컸음을 알겠다.

다음으로 우리 부부는 물의 도시 베네치아로 향했다.

서기 452년 이탈리아를 쳐들어온 무자비하고 잔인한 훈족을 피해 주민들은 갯벌뿐인 베네치아로 모여들었다. 갯벌이라 집을 지을 수 없었던 난민들은 연구 끝에 나무를 촘촘히 박아 그 위에 돌을 쌓고 터를 다져 살 집을 마련했다. 그렇게 하나의 터전이 하나의 섬이 되고, 인공 섬 110여 개가 모여 만들어진 도시가 베네치아다. 살던 곳을 빼앗긴 난민들이 절체절명의 순간에도 삶을 포기하지 않은 노력이 아름답게 느껴졌다. 동병상련인지 가슴 저 깊은 곳에서 차오르는 슬픔에 눈시울이 젖으며 나도 모르게 입속으로는 〈히브리 노예들의 합창〉을 허밍했다.

베르디가 29세에 작곡한 오페라 《나부코》 중에 나오는 유명한 합창곡이다. 바벨로니아의 왕 느브갓네살(이탈리아어로 나부코)이 예루살렘 솔로몬 성전을 파괴한, 이스라엘 유대인 백성들의 이야기다. 오스트리아의 압정 아래서 민족해방을 원하던 이탈리아인들에게 제2의 국가로 불렸고, 베르디 장례 때 연주되었다고도 한다.

'날아가라 내 마음이여 금빛 날개를 타고…' 자유를 염원하는 장중하고 서러운 멜로디에 슬픔이 차오르는 심정은 어쩌면 우리도 자유를 억압당했던 일제치하의 설움을 지닌 국민이라 당연했는지도 모른다. 어찌 베네치아로 쫓긴 이탈리아인들의 절박함과 히브리 노예들만의 이야기겠는가!

옆집을 방문하려 해도 물을 건너야 하기에 배를 매어두는 기둥이 주차장역할을 하고 아울러 수많은 다리가 필요에 의하여 놓였다. 사공이 긴 노 하나로 능숙하게 물질하는 곤돌라에 삼삼오오 몸을 실은 우리는 찰랑대는 물이 현관을 넘실대는 이웃과 이웃을 누볐다.

텔레비전에서 볼 때는 낭만적으로만 보였고, 조상 덕에 관광수입으로 잘 산다는 생각도 잠시, 도시가 자연현상으로 조금씩 가라앉는다니 평안해 보이지만은 않았다. 하지만 선조의 지혜와 강인한 개척정신을 유전자로 가진 후손답게 난관 극복할 방법도 찾아낸 것 같은 믿음이 들었다.

밀라노의 두오모 성당 내부를 볼 수 없었기에 산마르코성당은 내부를 보고 싶었다.

베네치아 수호신의 유해가 있는 산마르코 성당은 비잔틴양식인 모자이크기법으로 외부와 내부를 금장식했다는데 멀리서 보기에도 무척 화려했다. 한 시간의 자유를 얻어 성당에 입장하려는 긴 줄 뒤에 남편과 나도 섰다. 중앙제대는 금, 바닥은 색 대리석으로 섬세하게 치장한 아름다운 성당 안을 감탄하며 둘러보았다. 항구를 통한 교역이 활발하여 금사용이 가능했다고 한다. 옆 제대에서 신부님이 유황을 피우며 미사를 집전하기에 잠시 참석하여 유적이 많은 이탈리아 관광을 온 데 대하여 두 손 모아 감사했다.

이곳도 한국인 관광객이 많은지 유리세공 공장을 방문했을 땐 안내인이 한국어로 인사한다.

유네스코 지정 세계자연문화유산인 친퀘테레 마을로 이동했다. 다섯 곳이지만 우리는 일정상 두 마을만 관광했다.

옛날, 해안절벽 위 이곳을 개간하는데 수인들을 이용했다. "햇빛 못보고 갇혀 있을래 식료품만 대 줄테니 자유롭게 노동을 할래?" 수인들은 천신만고 끝에 마을 형성을 이룩한 후 "다시 감옥으로 갈래, 아니면 여기에 남을래 대신 음식물은 보내주지 않는다." 이런 조건하에 마을에 남아 주민이 되었으나 식량을 자급자족해야 했다. 그들은 층층이 포도밭을 일구고 바닷가에서 물고기를 잡아 생활했다. 포도밭은 우리나라 남해의 다랑이논처럼 보여 더욱 친숙하게 느껴졌다.

자연재해로 많은 가족을 잃었을 적에도 주저앉아 울고만 있을 수 없었고, 우리의 자식들에게 같은 아픔을 줄 수 없다며 남녀노소가 똘똘 뭉쳐 이루어냈다고 한다. 멀리서 보기에 바닷가의 마을이 그림처럼 아름답고 평화로운 풍경이다.

고난은 역사를 만드는가! 난관 앞에서도 굽히지 않은 인간의 의지가 만들어낸 베네치아와 친퀘테레, 스토리텔링 여행이어서 관광이 더욱 흥미로웠다.

고난이 우리를 힘들게 할지라도 극복하려는 인간의 의지 앞에 좌절은 없는 것 같다는 생각마저 들었던 여행이었다.

힐링의 섬 울릉도

4월 하순경 지인들과 오래 벼르던 2박 3일 울릉도 여행길에 올랐다. 나른함으로 지쳐갈 봄의 한가운데 여행은 활력을 찾는 방편으로 시의 적절했다.

묵호에서 배를 타고 비교적 큰 풍랑 없이 울릉도에 닿아 버스로 해안도로를 달렸다. 운전기사 겸 가이드의 구수한 입담에 여행이 한결 재미있다. 예전에 비해 길이 많이 좋아졌다지만 여전히 난코스 구역이 많아 운전하는 모습이 쉬워 보이지는 않는다.

울릉도의 3무(無)로 도둑·공해·뱀을 꼽는다. 외딴 섬이라 도망이 어려우며 공장이 없고 뱀은 확실한 설명을 못 하겠단다. 섬이라 물이 귀하지 않을까 하는 우려와 달리 수량은 풍부하다며 이유로 강설량을 들었다.

예산이 부족해 중단된 도로를 태풍 매미 때의 수해 보상으로 연결했다니 하나를 얻기 위하여 다른 하나를 내주어야 하는 세상 이치가 새삼스럽다. 하지만 그때 가족을 잃은 개인의 아픔은 무엇으로 치유되랴.

화산석으로 이루어짐 섬은 기이하게 생긴 바위와 주상절리의 독특한 모양이 눈길을 끈다. 향나무와 바람, 돌이 많고 물이 좋아 미인이 많다는 가이드의 넉살에 일행은 우~ 야유를 보내며 즐거워했다.

물이 맑아 비린내가 안 난다더니 바닷가 특유의 갯내가 없다. 일행은 바다를 끼고 돌았다. 바람이 불자 뒷 물결이 앞 물결을 밀어내는 바다를 보며 우리도 다음 세대에게 자리를 미련 없이 물려주어야 하는 것이려니 하는 생각도 해본다. 그런 면에서 여행은 조급한 마음을 내려놓고 자연과 사물을 대할 수 있는 힐링의 시간이 아닐까.

밀려온 물결이 바위에 부딪쳐 하얗게 거품을 일으킨다. 일상의 긴장에서 벗어난 우리는 "누구야 세제를 많이 푼 사람이?"라며 소녀시절로 돌아간 듯 재잘거리며 웃었다. 마음속에 갈등 없는 사람이 어디 있으랴. 그 때문이었을 것이다. 느닷없이 파도가 으르렁대며 바위를 향해 달려드는 것처럼 보인 것은. 마치 다른 의견과 의견이 부딪치듯… '돼지의 눈에는 돼지로 보이고 부처의 눈에는 부처로 보인다.'는 태조와 무학 대사의 일화가 떠오른다. 마음속의 갈등이 사물을 왜곡시키고, 수시로 변하는 마음이 참으로 가볍다.

바람에 일렁이는 물결을 보고 인생을 생각한 것이나 파도가 바위에 부딪치는 것을 견해의 다툼으로 본 것 모두 한 마음이 일으킨 것이니 변덕스럽다는 생각이 든다. 파도마저 밀어내지 못한 마음속의 갈등을 안은 채 다음 코스인 문자조각공원 '예림원'을 찾았다.

작지만 울릉도 유일의 식물공원이며 야생화가 볼만하다 했다. 외지의 전직 경찰관이었던 주인이 울릉도에 반해 눌러앉아 만들었다는 문자 조각공원의 첫인상은 크지 않은 규모와 특별할 것 없는 야생화, '어디나 다 그렇지' 하는 생각이 들려는 순간 문자 모양의 조각들이 독특하다. 사랑의 메시지를 담고 있는 많은 문자 중 유독 '행'이 눈에 띈다. 마치 혹인 양 등에 달팽이를 지고 있지만 함께할 때 행복한 것이라고 말하는 듯하다. 나 역시 그런 경험을 했다. 부모님을 여의고 어린동생들의 가장이었을 때 동생은 내 등의 짐이 아니라 그 동생들이 있어 내 삶의 목적이 되었다. 그때의 경험은 장애물은 다음 단계로 가기 위한 디딤돌이라는 긍정적 마인드를 갖게 했고, 늦게 한 결혼생활에 불만이나 후회는 않는다. 큰일에 관대하면서 작은 매듭하나 풀지 못하는 자신이 부끄럽다.

'구름은 바람 없이 못 가고, 인생은 사랑 없이 못 가네.'

주인의 철학을 엿볼 수 있는 글귀다. 갈등을 풀 수 있는 열쇠는 사랑이라는 걸 재차 확인했지만 알면 뭘 하나 실천을 못하는데…

수령이 약 100년이라는 연리목 느티나무와 풍게나무는 연리근으로 유명하다. 후일 남편과 이 섬을 다시 찾을 것이며 문자 조각공원을 방문하여 남편의 손을 잡고 둘러보리라 다짐한다.

울릉도에서 유명하다는 산채 비빔밥을 추천받고 우리는 나리분지에 있다는 식당으로 향했다. 울릉도 유일의 평지이며 아주 오래전 화산의 분화구였다는데 너와집과 투막집이 보존되어 있다. 분지를 둘러싼 깊은 골짜기에는 7월까지도 눈이 남아있다고 한다. 옛날 분지에 많던 나리로 주민들이 연명을 했기에 얻은 지명이다. 나리분지로 넘어가는 길은 험했다. 언덕은 가파르고 길은 심하게 꼬불꼬불한지라 노련한 운전 실력 아니면 엄두를 못 낼 듯싶은데 운전대를 잡은 가이드의 설명이 이어진다.

"길이 워낙 험해 올라가다 가끔 시동이 꺼지는 수가 있어요. 그때는 차에서 내려 뒤에서 밀어줘야 합니다." 어리석게도 그 말을 믿고 그런 일이 없기를 걱정하는데 기사의 말이 이어진다. "밀지 않아도 되는 방법이 하나 있긴 한데 시키는 대로 해 볼라요?" 우리는 그런 방법이 있으면 하겠다고 대답했다. "우회전하면 왼쪽엉덩이를 살짝 들고 아싸! 하고, 좌회전하면 반대로 하면 됩니다."라고 한다. 가파른 오른쪽 길을 만나자 "우회전!" 우리는 "아싸!"하며 웃었다. "소리가 작아 차가 안 올라갈라 그래요. 좌회전!""아싸!" 우리는 추임새를 목청껏 넣었다.

우리네 인생길에 크고 작은 고갯길이 어찌 없으랴. 때론 주저앉아 울고 싶은 험한 고갯길도 있을 것이다. 그럴 때 아싸! 소리 지르고 다시금 용기를 내어 넘어가자. 모든 것은 다 지나가려니.

태백산

남편의 지인들과 부부 동반하여 태백산 관광에 나섰다.

비가 내릴 거라는 일기예보가 있었지만 우리는 예정된 일정표대로 출발했다.

렌터카인 소형버스에 탑승하여 이른 아침 출발, 휴게소에서 준비해간 음식으로 아침을 든든히 먹으니 모두 기운이 돋우어졌는지 버스 안이 시끌시끌하다.

강원도 지역으로 들어서니 빗발이 제법 거세다.

비 내리는 풍경을 좋아하는 나는 마음이 들떠 있는데 태백 출신인 인솔자를 중심으로 의견이 분분하다. 산행이 어려울 것 같으니 차라리 태백 장터를 둘러보자고 한다. 태백 5일장은 전통 장터 중 규모가 크고, 산채와 약초 및 동해안 수산물과 공산품이 발달하여 다양한 볼거리가 있단다.

'산을 동강동강 내서 동강'이라는 한 지인의 재치 있는 입담에 우리는 폭소를 터트린다. 동강을 지나쳐 매봉산의 둥근 산봉우리에 세워진 풍력발전기를 멀리서 보며 차가 달리니 이국적 정취가 흠씬 풍긴다.

매봉산은 낙동정맥이 분기하는 곳으로 천의봉이라고도 한다. 백두산에서 뻗어내린 산줄기가 금강, 설악, 오대, 두타산을 지나 이곳에 이르면 두 가닥으로 갈라진다. 산 아래부터 정상부근까지 40여만 평의 고랭지 채소밭도 볼만하다 했지만, 우리가 가는 도로에서는 볼 수 없었다. 다만 배추를 심기 위하여 밭 군데군데 거름 포대가 쌓여있는 모습만 보았다.

일행은 용연동굴의 팻말을 보고 예정에는 없었지만 관람하기로 결정했다.

용연열차를 타기 위하여 매표소에 닿으니 빗줄기는 다행히 세우(細雨)로 변해 있었다.

약 1억 5천만 년~3억 년 전부터 생성되었다는 석회동굴이다. 백두대간의 중추인 금대봉 하부능선, 해발 920미터에 위치한 건식 자연동굴이란다. 산호종유석, 석순, 석주가 있고 동굴 중간의 대형광장엔 조명시설을 만들어 독특한 분위기를 낸다. 동굴 깊은 곳에는 임진왜란 때 이곳으로 피난했다는 붓글씨가 있었단다. 이 동굴은 의병의 본부 역할과 국가 변란 때마다 피난처로 사용되었다고도 하였다.

지상으로 다시 올라오니 비는 그쳤고, 금대봉 야생화 전시회장이 눈길을 끈다.

얼레지, 하늘매발톱, 회오리바람꽃 등 많은 야생화 중에서 은방울꽃이 특히 기억에 남는다. 야생화에 정성을 쏟아 가꾸신 분의 얼굴은 햇볕에 검게 그을렸지만 자긍심이 가득했다. 미소 때문일까, 지금도 은방울꽃의 청초함이 눈앞에 어린다.

유일사 매표소 입구에서 우리는 준비해간 점심을 먹었다.

건강이 허락하지 않아 산에 오르지 않고 나물 캐겠다는 이를 뒤로하고 또 '천제단' 오르는 마지막 갈림길에 최종 다섯이 남았다. 남자회원 셋에 여자 둘, 나는 포기하려는 지인을 독려했다. 가다가 더 오르지 못하겠다 싶으면 그때 내려오자고.

둘이서 쉬엄쉬엄 오르는 등산은 넉넉한 마음이어서 좋았다.

남편과 함께 걸으면 주변의 경관을 감상하며 걷기보다는 땅을 보며 허덕이기 마련이다.

신장 차이 때문에 보폭이 다르기 때문이다. 남편이 두 번 발걸음하면 나는 세 번 발을 떼야하니 숨이 가쁘다. 주변을 둘러볼 겨를이 어디 있겠는가.

산철쭉의 연분홍 꽃은 어찌 그리도 곱고 여린지 보는 이의 마음이 애처롭다.

가파른 오르막 옆으로 피어있는 야생화는 두 여자를 수다스럽게 한다. 지천으로 피어 우리를 반기는 얼레지에 탐이 몹시 나서

한 포기 캐오고 싶지만, 욕심을 애써 참는다.

누군가가 야생화를 떼어낸 자리, 얽혀있던 뿌리가 드러난 곳들이 있으면 마음 따뜻한 그녀는 발로 꼭꼭 눌러준다.

동물이든 식물이든 살아있는 생물의 터전을 옮기는 일은 몸살을 앓아야 할 정도로 힘든 일이다. 문화와 환경이 다른 곳의 삶이 얼마나 어려운지 나는 경험으로 잘 알기에 있는 자리에서 그냥 끼리끼리 모여 살라고 소리 내어 중얼거려본다.

나는 결혼해서 터전을 시집으로 옮긴 10여 개월간 마음고생이 심했다. 고추 당초 맵다는 고된 시집살이도 아니건만 시어머니 눈을 피해서 많은 눈물을 흘렸다.

설거지하면서 수돗물소리에 울음소리를 감추고, 우는 모습 안 보이려 때로는 음식물 쓰레기 버리러 간다며 도망치듯 밖으로 나와 골목을 누비며 울고 난 후 집으로 들어왔다.

남편이 따라 나설 것을 알기에 상의 입으러 방으로 들어간 사이 잽싸게 골목으로 숨으면 남편은 나를 찾아 헤매다 현관문 앞에서 약간은 노여운 얼굴로 기다리고 있었다.

어린 신부도 아니었는데 자주 우는 나를, 남편은 짜증내지 않고 그때마다 눈물을 닦아주고 따뜻한 마음으로 다독여주었기에 내가 새로운 터전에 뿌리를 내릴 수 있었다.

살아서 천년, 죽어서 천년 간다는 주목(朱木)을 보며 오랜 세월 온갖 풍상을 겪고 거목으로 자란 강인한 생명력 앞에서 한없이 나약한 내가 부끄럽기만 하다. 태백산에는 2,800여 그루의 주목이 있는데 겨울이면 눈꽃 핀 주목이 태백산의 설경을 전국에서 으뜸으로 만든다니 그 또한 장관이리라 싶다.

태백산은 썰매장으로도 유명한데 여름과 겨울, 1년에 두 차례 개장한다.

장군단에 오르니 넓은 평야에 바람이 가득하다.

천제단 쪽에서 어서 오라고 손짓하는 남편을 향해 나는 바람을 가르며 단숨에 달렸다. 힘들게 정복하였기에 기쁨이 컸던 걸까, 우리는 산 정상에서 마치 오랜 시간 떨어져 있던 연인들처럼 포옹하였고, 천제단 앞에서 기념촬영을 했다.

천제단은 태백산 정상에 있는 높이 3미터 둘레 27미터, 너비 8미터의 제단이다. 산 정상에 이 같은 규모의 제단이 있는 곳은 태백산이 유일하다. 정확한 제작연대는 알 수 없지만 고문헌이나 구전에 의하면 신라, 고려 때도 이곳에서 천제를 올렸다고 하며 지금도 10월 3일 개천절에 이곳에서 천제를 올린다고 한다. 1991년 중요민속자료 제228호로 지정되었다.

올라갈 때는 마음이 급하여 지나쳤음인가 하산 길에 보니 철쭉 가지에 다홍색 꽃망울이 빽빽하다. 매년 6월초가 되면 국토의 꽃 소식이 태백산에서 마무리된다니 이곳의 기온을 짐작케 한다.

편견이 얼마나 위험한가를 이번 여행을 통해서 깨달았다. 태백시라면 석탄 캐던 광산을 카지노로 변모시켜, 도박의 도시라는 편견이 마음속에 자리했기에 지인들과 한때 즐거운 시간을 갖는 것으로 만족하자며 가볍게 떠난 나들이였다.

한강의 발원지 '검룡소' 낙동강의 발원지 '황지연못' 이곳에 떨어진 빗물이 한강을 따라 서해로, 낙동강을 따라 남해로, 오십천을 따라 동해로 흘러간다는 '삼수령' 등 강의 발원지가 있는 태백시가 내게 새롭게 다가왔다.

아는 만큼 보인다고 했다. 유적지에 대하여 좀 더 공부를 한 후 다시 찾아오라고 태백시가 내게 손짓을 하는 듯하다.

꽃길만

　장미가 자태를 뽐내던 6월 초 우리 부부는 용인의 에버랜드를 찾았다.

　영원함과 활력, 평안함을 뜻하는 이름답게 동·식물과 놀이시설이 갖춰진 휴식공간이다. 대중교통을 이용했지만 불편하지 않게 찾아갔다.

　입장하자마자 평소 텔레비전 뉴스에서만 보던 사파리 체험을 위해 긴 줄 뒤에 섰다. 이른 시간이었음에도 오랜 기다림 끝에 버스에 탈 수 있었다. 아이들을 동반한 젊은 부모들 속에서 단연 연장자였지만 지금 아니면 기회가 별로 없을 것 같아 아이들과 같이 소리 지르고 박수치며 즐거워했다. 버스 기사의 해설 속에 사자 옆을 지나고 호랑이 사이를 버스가 나아갈 때면 맹수를 보기 위해 목을 길게 빼며 아이들과 환호성을 질렀다. 무서워 우는 꼬마는 없는 것 같다.

　우리가 버스 안이 안전하다고 느끼는 것처럼 맹수들도 버스가 옆을 스치듯 지나가도 적대감이 없어 보인다. 사육된 때문이라면 맹수의 본능이 없을 터이지만, 오랜 경험에서 터득한 적이 아니라는 인식일 것이라는 생각이 든다.

　우리가 위험지대로 들어간다고 알 수 있는 건 통로 입구에서 문이 열려 버스가 통로에 들어서면 뒷문이 닫혀야만 앞문이 열리는 구조라고나 할까.

　덩치 큰 곰들의 재주는 귀엽기까지 하다. 기사가 이름을 부르며 재주를 요구하면 불린 녀석은 춤추고 요구한 행동도 취해 준다. 지프차 지붕에 손 얹고 건빵을 달라며 조르는 모습은 아슬아슬 겁나게도 하지만 관객들을 웃게 만든다.

　사파리 체험에 시간을 많이 소모한 우리는 줄이 긴 곳은 피해 놀이기구를 탔다.

　곤돌라, 해적선, 회전목마 등 비교적 수월하고 사람들이 즐기지 않는 기구를 탄 것은 대기자가 적은 영향도 있지만 난이도가 높은 기구는 우리가 무서워 피했다. 나이가 든 것을 실감하는 순간이었다.

　오후에는 페스티벌을 즐기고 장미꽃 순례에 나섰다.

　장미를 하트모양으로 만들어 놓은 포토존 앞에서 사진 찍히고, 지나치려던 마이크가 눈에 들어와 다시 돌아가 마이크를 앞에 두고도 찰칵. 마치 진짜 듀엣으로 부르는 양 같은 노래 같은 소절을 불러야 입모양이 맞는다며 연출은 했는데 왜 생각나는 노래가 없든지 한참을 쩔쩔맸다. 평소 노래와 가까이 하지 않는 생활이 문제이리라.

이 사진을 우리의 위치와 함께 지인에게 전송했다. 사진만 보내기에는 싱거운 듯하여 '저 푸른 초원위에 짠짜라짜 짠짜라라. 노래도 한 곡조.'라며 가요의 첫 소절을 사진 제목으로 보냈다. 사진을 받은 지인은 우리가 노래 경연대회에 나간 줄 알고 답장을 보내와 우리는 한참 웃었다. 그 오해가 재밌어 나는 상황을 정정해주지 않고 우리의 즐거움을 배가시켰다.

상대에게 피해주지 않는 오해에 죄의식은 없었으나 나중에 전말을 알게 되면 군밤 한 대 맞는 것쯤 각오해야 하리라.

싱그러운 청춘들 속에 쉽게 피곤해진 우리는 앉을 곳이 눈에 띄면 자주 쉬어야 했다. 아마 저 젊은이들도 우리와 별반 다르지 않아 자주 쉬리라고 위안 삼으며.

어느 포토존 앞의 '꽃길만 걷자'라는 팻말이 눈에 띈다.

'걷게 해줄 게'에 익숙한 내게 아주 신선하게 다가왔다. '꽃길만 걷게 해줄게' 마치 프러포즈 할 때나 씀직한 이런 말을 처음 들었을 때 '참 예쁜 말이구나' 싶은 생각이 들었다. 손에 물 안 묻히게, 흙 안 묻히게. 등으로 청혼하던 시대를 지나 이제는 단어도 예쁘게 진화했구나 하면서도 타동사라는 생각은 그때까지 못했다.

걸 그룹 출신의 어린 소녀가 엄마 혼자 고생하여 자기를 키워줬다며 이제부터는 꽃길만 걷게 해주고 싶다고 하는 장면을 텔레비전에서 보았다. 그녀의 미모만큼이나 그 마음이 아름답고 대견스러웠다.

사랑하는 사람에게 꽃길만 걷게 해주겠노라고 약속했던 사람들. 사는 게 내 맘 같지 않아 실천을 못하고 있는 사람이 있다면 조언해주고 싶었다. 꽃은 지방에 따라 개화 시기가 다르고 지자체마다 꽃길을 조성한 곳이 많으니 어느 하루 날 잡아 손잡고 꽃길을 걷는 것은 어떠할는지. 그리하다 인생에도 꽃이 피면 그 아니 좋으리!

마음에 짐이 될, 누구에 의하여 아니면 누구를 위하여 라는 생각만 내내 해오던 내게 '꽃길만 걷자'라는 말은 내 영혼을 깨우는 말이었다. 인생은 내가 주인이 되어 살아야 하는 것을 그동안 주인의식 없이 살아 왔던 것은 아닌가 하는 자각이 비로소 들었다.

위대한 발자취를 남긴 이들을 보면 개척 정신이 남다르다. 그들 앞에 놓인 장애물을 오히려 디딤돌 삼아 신념으로 길을 나아갔기에 우리는 그들을 존경한다. 그에 비하면 나는 인생의 파고에 떠밀려 온 듯하다. 원하지 않은 환경에 무기력하다는 느낌이 들면 '지금 나는 인생의 어디쯤에 서 있을까'라는 상념(想念)으로 밤을 밝히곤 했다. 어느 팝가수가 〈마이웨이〉를 부를 때 나는 순종이 미덕인 양 주어진 환경 속에서 허우적거렸다. 내 인생은 나의 것이라던 젊은 가수 노래처럼 내가 주인이 되자. 스스로 걷는 길이 험할지라도 내 선택이라면 기꺼이 감내하며 꽃길이라 생각할 수도 있지 않을까.

앞으로는 꽃길만 걷자!

개나리

한식 무렵이었다. 선산에 다녀온 남편과 시동생이 산에서 가져온 한 자 크기의 두릅 나무모를 우리 집 하늘 정원에 심었다. 형수를 위해 재당숙 댁 상사화를 캐오기도 하는 시동생인지라 그 마음은 알지만 난 눈으로 볼 수 없는 땅속의 뿌리에 예민해 걱정이 앞섰다. 더구나 하늘 정원의 교목 밑에 분(盆)으로 쓸 통을 넣어주는 작업을 한 지 얼마 되지 않은 시기였기에 더더욱 신경이 쓰였는지도 모르겠다.

다음날, 옆구리가 깨져 버리려던 분 하나를 두릅 밑에 넣어주기로 했다. 흙을 파내는데 삽 끝에 뿌리가 걸린다. 잡아당겼더니 별 저항 없이 흙이 위로 갈라지며 긴 뿌리가 1m쯤 나오다 부러졌다. 웬 뿌리일까 하다가 '아하! 전에 이 언저리쯤 개나리가 있었지' 하는 생각이 들었다.

우리 집 하늘 정원에는 개나리 두 그루가 있었다. 남편과 나는 집의 내구연한이 길어질수록 누수에 대한 이야기를 자주했다. 주위 분들이 건물 위에 나무를 심었다가 누수로 정원을 모두 걷어냈다며 우리 집에 우려의 눈길을 보내주는 터라 우리 부부도 자연히 누수 쪽에 관심이 많았다.

개나리의 생명력은 극성스럽다고 해도 좋으리만치 억세지 않던가! 나는 부지깽이로 3년을 묵혔어도 땅에 꽂기만 하면 싹이 돋는 게 개나리라면서 분명 뿌리가 화근이 될 거라며 없애야 된다고 남편에게 말했다. 하지만 남편은 결단을 내리지 못했다. "잎보다 먼저 피는 노란색 작은 꽃이 연약해보여 마음을 빼앗기기 쉽지만 그 모습에 속지 말아요. 쉽게 구할 수 있는 개나리를 아버지 산소 주변에 심으려고 했었는데 어른들이 말렸어요. 뿌리가 묘지 속까지 길게 뻗을 거라면서요. 아마 지금쯤 화단을 돌고 있을지도 몰라요. 옆집 개나리 보세요. 봄에 꽃을 안 보고 지금 본다면 누가 개나리라 하겠어요." 하며 이웃과 이웃의 경계인 골목의 개나리를 가리켰다.

"척박한 땅에서 돌보는 이 없어도 키는 한 층을 넘고 잎 크기를 보세요. 거기다 우리가 흔히 보는 가지가 축축 늘어진 모습이 아니라 관목처럼 위로 쭉쭉 뻗는 오만함이라니." 내 세 치 혀는 남편에게 끊임없이 속살거렸다. 10여 년을 돌봤는데 식물이라 한들 어찌 무정하겠는가. 남편은 미련을 버리지 못했다.

하지만, 친정집 울타리로 심었던 개나리의 끈질긴 생명력을 지켜본 내게 건물 위에서 기르는 개나리라니.

나는 옥상의 강한 햇볕과 복사열이 흙의 물기를 쉬 건조시키는 것을 알면서도 개나리에 물을 주지 않았다. 내 마음속 이렇게 모진 구석이 있었나 하는 섬뜩함을 느끼면서도 개나리 옆의 야생화와 주목에는 물을 주면서 개나리 쪽은 피했다. 오히려 그런 나의 행동에 목마른 뿌리는 물기를 찾아 더 길게 뻗었는지도 모르는데.

야생화와 주목 사이에 있던 개나리 뿌리는 야생화 쪽으로 뻗어 있었다. 개나리로 인해 건물에 누수가 생길지도 모른다는 위협에 드디어 남편이 동의하고 가지를 바투 잘랐다. 그루터기에서 새순이 나올 때마다 내가 꺾었다. 억센 생명력이 속절없으리만치 쉽게 무너졌다. 아마 원하지 않는 내 독기에 항복한 것은 아닐는지.

내가 개나리 듣는 데서도 없애자고 했는지는 기억에 없다. 물도 '사랑해'라고 말해주면 아름다운 결정체를 보여주고 '저주해'라는 말에는 찌그러진 모습의 결정체가 되는데 식물이라고 다르랴! 내 독기에 항복한 지 3년. 이제는 개나리가 있었다는 사실조차 잊었는데 딸려 나온 뿌리는, 대부분의 나무뿌리가 시커먼 데 반해 배롱나무 가지처럼 껍질 벗은 듯 희고 뿌리에는 흙도 묻지 않아서 신기했다. 마치 육탈이 잘된 뼈를 보는 느낌이었다.

저녁에 퇴근한 남편을 옥상으로 불러낸 나는 개나리의 긴 뿌리를 내보이며 "보세요. 내 말이 맞죠? 개나리의 근성이 이래요."라며 의기양양했다. 모진 내 행동을 합리화하는 결정적인 언어였다.

오래된 일이 아닌데 무척 오래전 일로 느껴진다. 살아있는 뿌리였으면 흙을 꼭 잡고 저항했으련만 생명을 놓자 순순히 끌려 나오며 흙도 안 묻은 모습에 나는 전의를 상실했는가! 이겼다는 느낌이 없었다. 개나리를 상대로 모질게 대했던 내 행동도 무색하고 뿌리가 희었다는 기억도 자신이 없다.

나는 남편에게 그때 개나리 뿌리는 배롱나무 가지처럼 희었냐고 물었다.

기억이란 믿을 것이 못 된다. 관찰에 의한 기억이 아닌, 부딪친 상황에 따라 순간적으로 인지한 기억은 객관성을 잃고 선택한 것만 기억한다는 생각이 든다. 공포에 의한 순간의 기억은 가해자가 호인(好人)형 외모라도 피해자에겐 객관성을 잃게 마련인 것처럼.

얼마 전 언니가 방문했다. 나는 옥상에 올라가 두릅나무가 맞는지 확인시켰다. 언니는 두릅은 맞지만 뿌리가 엄청나다며 기르지 말라 했다. 사람의 필요에 따라 심고 뽑는 그 이기적 행위에 진저리치며 나는 미안해 속삭인 후 뽑았다. 하루라도 더 돌본다면 미련이 생길 것이고 장마 지나는 동안 자랄 속도 또한 무서웠다.

개나리나 두릅나무가 자라도 좋을 장소에 있었더라면 좋았을 것을. 사람이든 자연의 모든 사물이든 자기 자리가 있다는 것을 다시금 깨달았다.

지켜야 할 내 나라 내 땅

우리나라의 '대양 섬' 울릉도로 향한 때는 4월 어느 날이었다.

수백만 년 동안 한 번도 육지와 닿아본 적 없는 고립된 섬이라는 대양섬 울릉도는 결코 쉽게 곁을 내주지 않는다. 맑은 날이 1년 중 50일이 채 안 돼 울릉도 여행이 실행에 옮겨지기까지 어려움이 많았다. 모아이로 유명한 이스터 섬 또한 대양도라고 한다.

우리는 내친김에 독도 입도까지 계획했다. 울릉도에 도착한 다음날 아침, 순조로운 일기 덕에 일행은 주의사항을 듣고 멀미약을 마신 후 독도행 배에 올랐다. 승선한 처음 얼마동안은 기분이 좋았다. 멀어지는 해안, 망망한 바다, 깊은 주름을 잡으며 일렁이는 물결을 차창으로 내다보았다. 우리는 운이 좋아 순풍에 돛단 듯 독도에 닿으려니 재잘거리며 그간 남편과 함께 여행하지 못한 아쉬움과 미안한 마음이 동시에 들었다.

우리 부부는 여름휴가 여행지를 선정할 때마다 울릉도를 꼽았으나 워낙 변덕스러운 기후를 보이는 섬이라 번번이 제외시킬 수밖에 없었다. 날씨 탓에 섬에서 발이 묶이면 일터로의 복귀에 차질이 있을까 염려했기 때문이다. 입도가 어렵다는 독도에 쉽게 가게 되었으니 내가 지닌 복 덕분으로 남편과 다시 울릉도 여행을 계획해도 되겠다는 기대에 마음이 부풀었다. 하지만 배가 육지에서 멀어지자 분위기가 달라지기 시작했다.

승선의 흥분에 소란스럽던 소리가 시나브로 잦아들고 의자에서 내려와 배 바닥에 눕는 사람이 눈에 띄었다. 여행지에서의 들뜬 기분으로 전날 밤 숙면을 취하지 못해 잠을 자려니 생각했다. 그러나 얼굴이 노랗게 되어 비칠비칠 화장실로 향하거나 두 눈 꼭 감고 의자 손잡이를 잡고 미동도 않는 이들을 보며 비로소 배 멀미의 위력을 실감했다.

아직 괜찮은 이들은 멀미가 자신에게 옮겨질까 두려운지 그들을 전염병 환자 보듯 했고, 그때쯤엔 창 가까이 기대어 밖을 보고자 하는 이들도 별로 보이지 않았다.

조용한 가운데 거친 물결을 몸으로 느끼며 고난을 자기 방식대로 극복해가는 그들을 보고 있자니 마치 무대 위의 배우 몸짓을 보는 한 편의 팬터마임 같다는 생각이 들기도 했다.

타인의 고난 앞에서 내 역할은 객석에 앉은 철저한 방관자라는 무력감, 자비심은 없고 나만 괜찮으면 된다는 이기주의에 자괴감마저 느꼈다.

멀미는 전염과 같아 비위가 약한 사람은 옮기도 한다는 말로 자위하며 손 내밀지 못한 자신이 정말 부끄러웠다.

쉽게 속살 보이지 않는 독도에 두 발 디뎠을 때는 고생한 만큼 뿌듯한 기분도 배가되었다. 하긴 마음먹은 대로 쉽다면 어찌 신비롭다고 하랴.

박스를 어깨에 올리거나 머리에 이고 하선하는 일행을 보며 잠시 의아했으나 독도 경비대에 전하는 간식거리임을 알고는, 아마도 자식이 경비대에 근무하거나 했던 적이 있는 부모 아닐까 싶다. 조금 전 배 안에서의 상황이야 나눌 수 없어도 마음만 먹으면 우리도 저들처럼 한 핏줄임을 가슴 벅차게 느낄 것을 하는 생각이 들었다.

방문객들은 30분 남짓 머무르며 새들의 배설물로 허옇게 더껑이 앉은 검은 바위와 파란 하늘을 배경으로 사진을 찍었다. 순간 느닷없이 정광태의 노래 한 곡을 목청껏 부르고 싶었다.

"울릉도 동남쪽 뱃길 따라 2백리/ 외로운 섬 하나 새들의 고향/ 그 누가 아무리 자기네 땅이라고 우겨도/ 독도는 우리 땅"

한일협정이 물밑에서 논의되던 시기의 일이란다. 박정희 전 대통령은 미도리 제약회사의 새로운 의학 기술과 독도를 바꾸자는 일본의 특사 고토 마사유키에게 "독도든 돌덩어리 하나든 목숨 바쳐 지켜야 할 우리 국토이며, 군인 출신인 나와 내 부하들은 이 시대 이 땅에 태어나 나라를 위해 목숨을 내놓을 수 있어 영광"

이라는 말로 그를 제압했다.

호된 신고식을 치른지라 돌아오는 길엔 멀미약부터 챙겼으나 오는 길은 훨씬 수월하여 도착 후 도동 약수공원 내의 안용복 장군의 충혼비를 찾았다.

그는 숙종 때 어부이자 노꾼으로 고기를 잡다가 일본으로 끌려 갔으나 굽히지 않는 기개로 당당하게 맞서 막부로부터 울릉도와 독도가 우리 땅임을 인정하는 문서를 받아냈다. 민간외교가인 그에게 조정에서는 월경(越境)의 죄를 물어 벌을 내렸다. 천민이었으나 후세 사람들은 그에게 장군이라는 칭호로 부른다.

충혼비는 안문종친회와 경북 해군 본부에서 건립했으며 시인 이은상이 글을 지었다.

부산광역시, 수영공원 내에 사당과 충혼탑이 있다.

박정희 전 대통령은 1967년 '國土守護 其功不滅'이라는 휘호를 내렸다. 국토를 수호한 공로는 사라지지 않을 것이라 했으니 충신은 충신을 알아보는가 보다. 조상의 기개가 후손에게 전해져 청춘의 한때를 국토방위에 기꺼이 희생하는 아들들과, 알게 모르게 독도 지키기에 애쓰는 이들이 이어지고 있는 것이 아닌가 싶다.

국토는 작지만 이만하면 자랑스러운 역사를 지닌 국가 아닌가! 내 나라를 나는 사랑한다.

천천히 흐르는 섬 청산도

청산도 여행은 무궁화호 기차 탑승으로 시작부터 느렸다.

친목 모임에서 부부동반으로 떠난 우리를 태운 기차는 자다 깨기를 반복하며 지루하게 가야 할 것이라는 가이드의 말처럼 승객들은 밖의 풍경을 즐기기보다 졸기 일쑤였다.

'기차를 오래 태워주니 얼마나 좋으냐!'는 한 회원의 너스레에 웃음도 잠깐이었다.

이동하는 시간도 여행의 일부분이긴 해도 정해진 목적지로 가는 한정된 공간과 지루함을 모두 못 견뎌 했다.

섬 돌담 곳곳에 설치한 스피커에서 나오는 판소리를 들으며 걷는 발걸음이 느리다. 우리는 영화 ≪서편제≫ 촬영지에서는 음악 따라 어깨를 들썩이고, 드라마 ≪봄의 왈츠≫를 촬영했던 세트장과 붉은 양귀비를 배경으로 사진을 찍었다. ≪서편제≫는 소리의 완성에 집착한 소리꾼이 양딸에게 약을 먹여 서서히 눈을 멀게 하여 소리에 한을 심어주는 내용이다. 이면을 알고 나니 몹시 잔인하다는 생각이 든다.

≪봄의 왈츠≫는 안타깝고 아름다운 어릴 때의 기억을 공유한 주인공들이 오스트리아에서 성인이 되어 만나 사랑을 재확인한다는 내용이다. 어릴 때의 배경은 청보리와 유채꽃이 흐드러진 청산도에서 찍었다는데 드물게나마 유채꽃이 남아 있다. 가이드는 유채꽃이 만발한 봄에 다시 와보라고 추천한다.

초분(草墳) 또는 초장(草葬)은 남해안 섬의 독특한 장례문화란다. 바다로 떠난 가족을 기다리며 임시로 가매장하는 일인데 모의 초분이라며 데려간 그 앞에서 보이는 바다에는 이 섬의 특산품인 전복양식장이 보인다. 삶과 죽음이 생활의 한 모습일 뿐이라 깨닫자 통과의례로 여겨져 그다지 무섭거나 서럽지 않다.

마을과 마을로 이어지는 길은 주변 풍광과 이야기가 어우러져 발걸음이 절로 느려진다 하여 '슬로우 길'이라는 이름이 붙었단다. 잘 다져진 황톳길이 마음을 편하게 해준다. 외지인에게 풍광이 보기 좋다고 다 아름답기 만한 것은 아니어서 슬픈 내력을 지닌 유산도 있다. 벼슬의 상징인 갓을 씌운 비석이 많은 사연과, 구들장 논의 서러운 이야기도 그중 하나다.

귀양 왔다 눌러앉은 양반들의 책 읽는 소리는 들릴지언정 그들은 들에 나가 일할 수 없는지라 그 몫은 여자들 차지였다.

구들을 놓고 작은 돌멩이로 메꾼 후 물로 반죽한 흙을 발라 말린 다음 흙으로 채워 물을 가둬 논농사를 지었다. 화산석이 많아 논농사에 적합하지 않은 지대의 자투리땅도 놀리지 않으려는 근면성이 만들어낸 결과였다. 2012년 우리나라 농업유산 1호, 14년 세계농업유산에 등재되었다. 옛날에는 쌀 서 말만 먹고 시집가도 부자라고 했다니 궁핍한 그 시절이 가슴에 맺힌다. .

관광버스 기사는 구수한 남도사투리로 섬 곳곳에 대한 설명에 막힘이 없다. 청산도의 관광자원으로 스토리텔링을 구성하고 해설사로 양성하지 않았을까 추측해 본다.

몇 년 전 여행했던 이탈리아의 물의 도시 베네치아가 생각났다. 늪지대에 나무로 기둥을 박고 지은 집 한 채가 섬 하나가 되어 100여 개의 섬으로 이루어졌다는 도시.

전자는 화산석 위에 물을 가두어 논을 만들고, 후자는 늪지대에 기둥을 박아 집을 지었다.

역경 앞에 좌절하지 않고 무한한 지혜와 능력을 발휘한 사람들은 시대를 막론하고 존경받아 마땅하다.

청산도에서 1박하기로 한 일행은 그곳 출신 지인의 도움으로 싱싱한 전복회를 곁들여 푸짐한 저녁식사를 했다. 진미에 대한 사람의 욕심은 끝이 없는지 한 회원이 해삼을 먹고 싶어 하여 자리를 바꿔 해삼을 주문했으나 얼마 먹지 못했다. 아무리 좋은 음식도 배가 부르니 별로 귀하게 생각되지 않았다.

　포만감을 안고 식당에서 나온 우리는 잠시 산책하기로 하고 불빛이 환하게 빛나는 건너편을 향하여 걸음을 옮겼다. 드문드문 켜있는 가로등 탓에 밝지 않은 길이지만 세를 믿고 두려움 없이 낯선 길을 씩씩하게 나아갔다.

　휘황하게 빛나는 저곳에는 상가가 있으리라 추측하며 구경삼아 나섰는데 바비큐 파티를 하는 펜션이었다. 그곳을 지나자 다시 어둠이 펼쳐진다. 마치 사막에서 만난 신기루가 이런 현상일까 싶었다. 허망한 마음으로 뒤돌아 건너편을 바라보니 아까와 달리 우리 주변은 어둡고 그곳은 불빛이 밝다. 시장이 열렸나 자세히 보니 우리가 머물렀던 식당가였다.

　이렇듯 우리네 인생도 파랑새는 산 너머에 있다는 환상 속에 사는 게 아닐까 하는 생각에 쓴웃음이 나왔다.

　지금이 가장 소중하다는 생각에 옆에 있는 남편 팔짱을 끼고 되돌아왔다.

　다음 날 예정된 코스대로 우리는 순천만으로 향했다.

　≪태백산맥≫의 도입부로 소화의 집이 있던 제석산 자락에 위치한 벌교의 '조정래문학관' 건물은 가이드의 설명만으로 만족해야 했다. 사랑해서는 안 될 이유조차 모른 채 정하섭을 향한 소화의 지순한 마음이 읽는 내내 안타까웠다. 벌교에서 자란 이념이 다른 염상진·염상구 형제, 외서댁 등의 이야기를 남편에게 들려

주며 다음엔 승용차로 '태백산맥문학관'과 보길도로의 여행을 약속받았다.

순천만에 입장하기 전 선크림과 챙 넓은 모자로 단단히 무장했지만 초여름의 따가운 햇볕은 그늘 없는 데크를 걸어야 하는 우리에겐 고문이었다. 하지만 이 햇살이 녹색 융단처럼 펼쳐진 어린 갈대의 대궁을 살찌울 것이다. 또한 그렇게 자란 갈대가 가을의 거친 바람에 몸을 뒤척이며 하얀 꽃을 날릴 진풍경을 만들어 내리라 상상하니 견딜 힘이 생겼다. 시 구절처럼 '흔들리지 않고 피는 꽃이 어디 있으며' '천둥은 먹구름 속에서 또 그리 울어야만 결실을 맺는다.' 나는 얼마큼의 고뇌와 인내를 가지고 인생의 계절들을 이겨냈는지 구들장논과 순천만의 갈대를 보며 생각했다.

chapter 02

여름 夏

초가을 거미줄에 맺혀있는

이슬이 영롱함으로 아름답게 보인다면

비바람에 흔들리는 모습은 보기에 위태로울 때도 있다.

거미가 성장함에 따라 거미줄은 커지고 굵어져

제 몸무게의 4천 배를 지탱할 정도로 튼튼하다고 한다.

내가 지켜야할 가정 역시 아름다운 날이 있고

바람에 흔들리는 때도 있겠지만

필요에 의해 변환하는 거미처럼 지혜로움으로

가정을 지켜야 한다고 미물인 거미에게서 배운다.

- 본문 중에서

염색을 하며

    미용실에서 파마하며 기다리는 동안 잡지를 펼쳤다. 나는 평소에 잡지를 구입하지 않는다. 미용실이나 의원 등 손님을 위해 잡지를 비치해둔 곳에서 잡지를 읽어 새로운 상품에 관한 정보와 새로운 요리법, 상차림을 배우기도 한다.

    티셔츠의 활용법을 보다가 탈색과 염색을 하여 새롭게 고쳐 입는 페이지에서 얻은 지식으로 나도 한번 시도해 보기로 했다.

    서랍을 열고 지금은 입지 않는 진분홍 면 티셔츠를 골라냈다. 락타아제를 열 배로 희석시켜 셔츠를 삼등분하여 윗부분을 물에 담그고 색의 농도를 옅게 하였다. 방법도 간단하고 옷 분위기가 바뀌었다. 자신감을 얻은 나는 한때 관심을 가졌던 천연염색에 도전하기로 했다.

    천연염재인 쪽의 푸른색에서, 나는 선비의 꼿꼿한 기상을 느낀다. 쪽빛 하늘, 쪽빛 바다라고 표현하는 쪽빛은 내가 몹시 좋아하는 색상이다. 홍화의 붉은 색은 단아한 여인의 기품이 연상되고 치자의 노란색은 수줍은 소녀를 생각했다면 나의 감상이리라. 천연염료에서 얻은 색상은 매혹적이다. 화학염색의 원색은 튀지만 천연염색은 원색의 배색일지라도 거부감 없이 잘 어우러져 보였다.

천연염재의 구입이나 물들이는 과정이 결코 쉽지 않으리라 여겨 지레 포기했는데 요즘은 천연염색을 체험하는 곳이 많이 생겼고 인터넷사이트에서도 배울 수 있다기에 시도해보기로 한 것이다. 누렇게 변해 입지 않는 면 셔츠를 천연염색하기로 하고 인터넷사이트에 접속했다.

쪽, 홍화 등이 아니더라도 천연염색 재료는 우리 주변에 많다. 양파·귤·포도껍질 등 쉽게 구할 수 있는 염색재료는 많았다. 치자·황토·밤송이·먹물·녹차·시금치 등등. 미처 생각하지 못한 여러 식물에서 색을 얻을 수 있지만, 초보자에겐 과정이 어렵게 느껴졌다. 순수한 재료만으로 천에 착색이 잘 되지 않을 때 섬유에 색 결합이 잘 되게 도와주는 매염제를 쓰는데 매염제에 따라 얻을 수 있는 색상도 다양하다. 철매염제는 색상을 어둡게 하고 동매염제는 푸른빛을 내며 알루미늄매염제는 색상을 환하게 해준다.

치자는 매염제 없이도 염색이 되는데 수의의 마직은 주로 치자로 염색을 한다고 한다. 원하는 색상을 얻어 낼 재료를 삶아 물

온도를 맞추고 염색할 천을 넣어 골고루 물이 들도록 주물러야 한다. 염색한 천을 수세하고 말려 원하는 색을 얻을 때까지는 그 과정을 반복해야 한다. 천연염색을 시도해 보고 싶던 나는 동네 골목에 떨어져 있는 풋감에 눈길이 갔다. 감물은 한번 들면 빠지지 않는다며 감 먹을 때 주의를 받던 기억을 더듬어 감물들이기를 검색했다. 방법이 쉬웠다.

낡고 누렇게 변해 버리려던 면 티셔츠를 맑은 물에 빨아 정련했다. 감나무 밑을 다니며 거둔 풋감을 믹서기에 갈아 체에 밭인 후, 물에 정련한 티셔츠를 넣어 고루 주물렀다. 구태여 매염제도 필요 없고 물 온도를 맞추는 수고도 없다.

처음에는 연둣빛에 가깝던 색이 햇빛에 마르는 동안 발색된다. 감 속의 탄닌 성분이 햇빛과 동화작용하기 때문이다. 옷이 마르면 맹물에 적셔 햇빛 쏘여주는 과정을 할 때마다 색상이 밤색으로 짙어진다. 물에 적셔 햇빛에 널어 발색시키는 과정을 되풀이하며, 옛날에 어머니들이 냇가에서 광목을 마전시키던 광경이 생각났다. 누런 생 필목(疋木)을 하얗게 바래기 위해선 물에 적셔 햇빛에 말리는 과정을 거듭하지 않던가. 얻으려는 색상만 다를 뿐 물에 적셔 말리는데 햇빛을 필요로 하는 과정은 닮았다.

감 염색의 장점은 따로 풀 먹일 필요 없이 천에 힘이 있고 바람이 잘 통하며 땀 흡수가 좋다. 해충이 달려들지 않으며 천이 튼튼해져 제주도에서는 작업복이나 일상복에 감물들인 갈옷을 입는 이가 많다고 한다. 다른 재료의 염색은 햇빛에 의한 견뢰도가 약할 수도 있지만 감물은 빨수록 색이 진해진다.

우리 부부는 올 여름 휴가를 감물들인 티셔츠에 감물들인 스카프를 목에 맨 커플룩 차림으로 다녀왔다. 황토 옷인가 보다며 주유소 청년이 인사를 하고 식당에서는 염색방법을 가르쳐 달라며 도토리묵과 동동주를 대접받았다. 지나치는 이들의 시선을 받은 건 물론이다.

하지만 관심보다 좋았던 건 착용감이었다. 땀을 많이 흘려도 옷이 몸에 달라붙지 않고 고슬고슬한 감촉과 시원함이 그만이다.

스카프가 힘이 있어 한번만 슬쩍 묶었어도 흘러내리지 않아 지리산 노고단 정상에 오르도록 고쳐 묶지 않았다.

감물옷의 효능이 남편은 신기한가보다. 몸에 걸치는 옷에 예쁜 물들이듯 살며 먹는 마음에도 이렇게 예쁜 색으로 물들일 수 있다면 행복바이러스를 전염시킬 수 있으니 그 유익함은 옷과 마음이 무엇이 다를 것인가.

사랑하는 마음에 분홍꽃물이 들듯, 기부하는 사회는 넓은 하늘 닮은 쪽빛 마음으로 물들이고 윤리를 벗어난 누런 마음은 하얗게 마전시킬 수 있다면….

색에서 느끼는 정서가 보는 이에 따라 다르지만 마음에 고운 색으로 다양하게 물들인다면 이 세상이 예쁘고 조금 더 살맛나지 않을까 엉뚱한 상상을 했다.

소래 습지

올여름은 가물고 몹시 덥다. 우리 부부는 일요일이면 집을 벗어나 산이나 물가 혹은 전시회장을 찾아 승용차나 대중교통을 이용하여 외출하곤 했다.

푹푹 찌는 더위에 종일 집에 있기보다는 차라리 버스나 지하철을 이용하여 몸을 움직여 돌아다니는 것이 낫다고나 할까! 우리가 올여름 폭염을 이기는 방법이었다.

그럴 즈음 오이도에서 소래를 거쳐 인천 가는 지하철의 개통은 반가운 소식이었다.

내가 소래포구를 못 가보았다고 했더니 소래포구 주변을 인터넷 검색한 남편은 순천만보다 작지만 소래에도 습지가 있다며 가보자고 한다.

간단한 간식과 햇빛가리개를 챙겨들고 소래포구 역에 내렸다.

인터넷에서 지도를 숙지하여 익숙하게 걸음을 옮기는 남편의 뒤를 따랐다.

갯벌 따라 곱게 핀 해당화(海棠花)의 분홍색 꽃잎이 수줍게 보인다. 마치 작은 석류처럼 생긴 열매도 주렁주렁 달렸다. 얼마 전 가본 인천 어느 포구에서도 해당화가 피어 있는 걸 보았는데 이름에서 알 수 있듯 바다의 소금기 있는 곳에서도 잘 자라는 식물인가 보다.

어릴 적에는 이웃집의 해당화가 장미가 아니어서 실망했었다. 장미는 문학에 자주 등장하는 꽃이 아니던가! 특히 장미의 시인이라는 '라이너 마리아 릴케'는 자신의 작품에 장미를 250여 번이나 올렸고, 묘비명도 장미에 대한 내용이다. 책을 통해 얻은 내용들은 소녀의 감수성을 자극해 장미는 사랑받아 마땅한 반면 해당화는 귀하게 보이지 않았다. 당시 내 주위에 해당화는 지천이되 장미는 귀해 어린 마음에 분별심을 가졌던 것 같다. 옛날과 달리 해당화의 진분홍 꽃잎이 어찌나 곱던지, 이렇게 고운 꽃이었나 싶은 지금은 심미안이 열렸는가 하는 마음에 자신을 칭찬하고 싶다.

갯벌체험과 샤워를 할 수 있도록 되어 있는 체험장을 통과하여 햇볕을 피해 1층 생태공원전시관으로 들어서니 우선 시원해서 좋다. 지역별 갯벌이 어떻게 생겼는지 해당 발판을 밟으면 영상으로 볼 수도 있다.

일본인들이 만든 염전은 1970년대 전국 최대 천일염 생산지였지만 폐 염전이 된 것을 90년대 생태공원으로 만들었다. 그곳에서 자라는 염생·수생·습지식물, 조류 등을 영상으로 보고 3층으로 올라가니 데크 바닥에 벤치가 있고, 위는 햇빛을 피할 수 있는 지붕도 있다. 나무 덱 옆으로 염전을 만들었고, 그곳을 내려서서 갯벌을 지나면 나무숲에 그늘막과 풍차가 보인다. 갈대지붕의 쉼터와 빨간 지붕의 풍차는 무릉도원처럼 보였고 나를 향해 손짓하는 듯 유혹했다. 하지만 나는 더위를 몹시 타기에 뜨거운 열기가 아지랑이처럼 올라오는 갯벌을 지나 그곳까지 가는 과정이 싫었다. 그러나 아름다운 풍경을 그냥 지나칠 남편이 아니기에 끌려가는 심정으로 투덜대며 물 빠진 갯벌에 내려섰다. 의외로 바람이 시원해 직접적인 햇볕만 피한다면 기분 좋게 거닐 수 있었다. 숭숭 뚫린 구멍 사이로 생명체가 사는 것도 신기하고 유리처럼 매끈하고 단단한 바닥도 신기하다. 곳곳에 깨진 타일과 토기 파편들이 보여 건축쓰레기를 함부로 내다버린 줄 알았는데 매끈한 바닥이나 파편은 염전을 운영했던 때의 흔적들이다.

커다란 소금창고가 여러 동 있고, 견학할 수도 있다지만 그때는 창고 문이 잠겨 안을 들여다볼 수 없었다. 바닷물을 끌어들이던 수차와 염전과 소금창고를 보면서 비로소 가슴으로 묵직한 울림이 왔다.

나는 뜨거운 햇살에 너무 덥다며 투정을 부렸던 조금 전의 내 모습을 떠올라 소금을 보며 쑥스러운 마음이 들었다. 소금은 햇볕에 온 몸을 내어준 바닷물이 만든 결정체다. 염도 2도의 저수지를 지나 제 1·제 2의 증발지인 난치·늦태 지역을 거쳐 결정지역에서 소금을 채취하는 것이다. 항아리나 도자기 깨진 것으로 바닥에 깔았던 옹패판이 타일이 보급되며 소금이 깨끗하고 수거가 쉬워졌다. 또한 햇볕에 빨리 달궈져 증발이 잘되어 소금 결정 기간도 짧아졌다. 토판염은 갯벌을 롤러로 다져 만든 소금으로 타일판보다 햇볕을 받는 힘이 약해 결정기간이 오래 걸리는 단점에 비해 미네랄 함유량이 많아서 비싸게 팔린단다.

텔레비전에서 정글 체험 프로그램을 보았다. 바다에서 갓 잡은 생선을 구웠음에도 간이 안 된 생선구이라 니글거린다며 먹기 곤혹스러워하는 모습이었다. 신선한 재료도 기본 간이 없으면 감칠맛은 물론이거니와 먹는 것조차 힘들다는 것을 그들을 통해 보았다. 아마도 그들은 소금 한 알의 소중함을 절실히 깨달았으리라!

세상에 꼭 필요한 소금 같은 존재로 살고 싶었던 적이 내게도 있었다. 까만 밤을 하얗게 새우며 고민한 시절도 있었지만, 생활에 쫓겨 물거품으로 변한 지 오래된 지금 염전을 보면서 내 조건을 살펴보는 계기가 되었다.

운명이 내게 부당하게 느껴지고 삶이 버겁다고 생각되는 날 소래습지를 한번 가보시라! 조건에 연연하지 않고 강인하게 자라는 염생식물의 생명력을 보고 위안을 받는 것은 어떠할지…

또한 좋은 사람과 행복한 마음으로 간다면 내가 가진 조건에 감사하는 마음이 생길 터이니 그것도 좋으리라.

내친김에 찾은 소래 포구 어시장은 나른한 오후임에도 불구하고 활력이 넘쳤다.

거미와 뜨개질

우리 집에는 오랫동안 사용하고 있는 덩치 큰 소파가 있다.

색상은 검은빛에 가까운 잿빛으로 이삼인 용의 긴 의자다. 10여 년 전부터 계속 사용하던 소파가 올여름 들어 더욱 답답하게 느껴진 건 장마기간인데도 비가 오지 않아 날씨가 무덥고 더위를 부쩍 타는 신체구조로 바뀐 때문일 것이다.

지난봄 집안 분위기를 화사하게 바꾸고 싶어 천으로 된 커버를 구입하려 인터넷 사이트에 들어가 보았는데 이삼인 용 세트를 파는 곳이 없었다.

새 소파로 바꿀까 하고 가구점에도 가 보았지만 마음에 드는 물건은 가격이 만만치 않기도 하거니와 망가지지 않은 물건을 내다버리고 거금을 쓰자는 말을 남편에게 할 수 없었다.

여름이 되어 방석을 대나무 자리로 바꾸어도 색상 탓인지 왕거미가 버티고 있는 듯한 착시 현상에서 못 벗어나다 공중에 매달린 멋진 거미줄에 눈이 갔다. 그 순간 마치 거미가 거미줄을 만들 듯, 시력보호를 이유로 중단했던 레이스 뜨기를 해보자는 데 생각이 미쳤다.

거미가 거미줄을 만드는 그 능력을 보면 자못 신기하다.

거미는 배 끝에 있는 실젖에서 나온 액체가 공기와 접촉하면 굳어져서 생기는 실로 방사선의 세로줄을 만든다. 그리고 나선인 가로줄을 뱅글뱅글 돌아가며 거미줄을 만들어 낸다. 내 손 끝에 실을 감고 레이스를 떠서 소파 등받이를 장식하기로 마음먹었다.

친정집은 흙 마당이어서 많은 정원수가 있었는데 거미를 비롯하여 다족류의 벌레가 많았고 나는 유난히도 벌레를 징그러워했다. 걷어내도 다시 치는 거미줄은 더욱 못마땅했다.

더구나 거미줄 끝에서 먹이를 노리는, 손톱보다 더 큰 몸통의 시커먼 거미는 두려움의 대상이었다. 눈에 보이는 아름다움과 더러움으로 좋고 싫음을 구분하던 내 마음에 변화가 왔다. 애벌레가 자라 화려한 날개를 가진 나비로 부화하고, 매미 역시 오랜 기간 유충과 성충의 과정을 거쳐야 두 날개를 가질 수 있다는 생태계의 다양한 모습을 알고 난 뒤부터다. 보이는 게 전부가 아니라 그 뒤에 숨겨진 진실을 헤아릴 줄 알아야 한다는 깨달음은 내가 고심한 생각의 결과물이기도 했다.

내 나이 스물여섯이었을 때, 결혼적령기라 생각한 친정어머니는 여기저기 맞선자리를 주선했지만 나는 결혼보다 공부를 하고 싶었다. 아버지가 돌아가시자 세 동생 공부를 위해 스스로 학업을 포기하면서 나는 숨어서 울었다. 어찌 내 마음만 아팠을까? 말릴 수 없었던 어머니 가슴에도 피멍이 들었을 것이다.

그 딸이 적령기가 되어 결혼을 시키고자 하나 못다한 공부를 하겠다며 고집을 부리니 말리지 못하고 한숨만 쉬던 어머니가 뇌출혈로 쓰러진 지 3일 만에 눈을 감으셨다.

내게 남겨진 세 명의 남동생 중 막내가 중학교 2학년이었다. 어머니는 작은딸이 떠안게 될 무거운 짐이 안타까워 두 눈을 감는 순간에 눈물을 흘렸고, 나는 살아가야 할 두려움보다 막냇동생이 가여워서 울었다.

어머니 삼우제를 지낸 후 지인의 소개로 중·고등학교 근처에 서점을 열었다. 동생이 다니는 학교 학생들을 단골로 확보하였고, 나는 많은 동생을 둔 누나 또는 언니가 되었다. 거리가 먼 시골학교에서 통학하는 학생들은 시외버스 시간에 맞춰 일찍 등교하기에 새벽에 일어나야 하는 것이 몹시 피곤했으나 아침에 서점 문을 열 때 끼쳐오는 책 냄새가 좋았다.

나는 서점에 오는 학생들의 큰언니가 되었고, 그 애들이 결혼하여 자식을 낳으면 이모가 되어 정을 나눴지만 적은 자본과 대형화되는 도서산업에 밀려 문을 닫았다.

답답한 마음에 책과 뜨개질로 나를 달랠 수밖에 없었다.

거미가 끈끈이 없는 줄로 세로줄을 만들고, 끈끈이 있는 나선 줄로 뱅뱅 돌아가며 원형 그물을 친다. 나는 거미의 행동마냥 원형모양의 컵받침도 뜨고 둥근 거미줄의 일부가 없는 불완전 그물을 치듯 삼각형의 모티브를 떠서 잇기도 하였다. 그뿐이랴, 모눈을 메워 장미가 피고 포도송이가 열리게도 했다.

거미가 아침마다 새로운 거미줄을 치듯 나도 새로운 무늬를 뜨고 또 떠서 창가에 걸기도 하고, 커다란 식탁보는 생일상에 덮여져 보는 기쁨을 배가시키게도 하였다.

감사의 마음으로 뜬 레이스는 깊은 정을 나눴던 동생들의 결혼 혼수가 되어 문갑 위를 장식하고, 원형 식탁보는 결혼선물이 되어 외국으로 보내지기도 했다. 또는 분가하는 지인의 집들이 선물이 되어 식탁에 덮여 지인 가족들에게 풍요로운 마음을 주었다.

그들이 15여 년 전에 선물한 그 식탁보를 지금도 사용하고 있는 것을 볼 때면 나는 자랑스러운 마음이 든다.

거미줄은 견 섬유라는 단백질이 주성분인데 수분에 강하고 웬만한 산성에도 녹지 않아 거미는 죽어도 거미줄은 남는다고 했다.

내가 면실로 뜬 레이스도 더러워지면 삶아서 하얗고 깨끗하게 오래도록 사용할 수 있다. 대를 물려서 새것처럼 쓸 수 있으니 나를 오래 기억해 주길 바라면 집착이고 욕심일까. 독서와 뜨개질로 눈이 피곤해지면 산책을 하며 사색에 잠기곤 했다.

녹색의 계절에는 녹색으로 눈의 피곤함을 달래고, 바람이 부는 상태에 따라 눕기도 하고 우우 일어나는 풀잎을 보면서 내 생활의 신산(辛酸)함도 지나가기를 기다렸다.

강태공이 곧은 찌를 드리운 채 시간을 낚듯이.

두 동생을 결혼시키고 나도 가족이 생겼다.

좋아하는 사람이 생겼을 때, 스스로 공부를 포기하고 생활비를 벌기 위해 나선 딸에 대한 미안함으로 눈감는 그날까지 가슴에 한을 안고 가셨을 어머니를 생각했다.

초가을 거미줄에 맺혀있는 이슬이 영롱함으로 아름답게 보인다면 비바람에 흔들리는 모습은 보기에 위태로울 때도 있다. 거미가 성장함에 따라 거미줄은 커지고 굵어져 제 몸무게의 4천 배를 지탱할 정도로 튼튼하다고 한다. 내가 지켜야할 가정 역시 아름다운 날이 있고 바람에 흔들리는 때도 있겠지만 필요에 의해 변환하는 거미처럼 지혜로움으로 가정을 지켜야 한다고 미물인 거미에게서 배운다.

뜨개질이 끝났다. 소파 등받이에 얹으니 소파가 한결 시원해 보인다. 짙은 바탕색이 오히려 레이스의 무늬를 돋보이게 한다. 이렇듯 서로에게 도움이 되어 상대를 빛나게 해주는 아름다운 관계처럼 남편과 나는 행복한 가정을 이루자며 두 손 마주잡고 기원했다.

잡초를 뽑아내며

올여름 장마는 패턴이 있는 것 같다.

이삼 일이 맑은가 하면 장대 같은 비가 동이로 퍼붓듯 쏟아진다. 사람들이 자연을 훼손한 결과 그 폐해는 기후변화라는 현상으로 사람들이 되돌려 받기 때문 아닐까?

비 그친 옥상에 올라가 잡초를 제거하기로 했다.

녹음에 둘러싸인 밭은 큰비가 지나면 시원하지만 콘크리트 건물에 둘러싸인 건물 옥상의 밭은 복사열로 무척 덥다. 단순히 흙이 부드러워져 뿌리를 쉽게 뽑을 수 있는 상태가 아니라 복사열까지 식힌 후가 적기라고 할 수 있다.

'장마철 뒤 외 자라듯 한다.'더니 잡초들의 기세가 대단하다. 위로 크거나 옆으로 뻗으며 자라는 것 등, 그 모양대로의 본분에 충실하다.

너무 흔해서 이름조차 없는 잡초로 분류되는가 하면 이름이 있어도 내게 소용없어 잡초가 되어 뽑혀지는 것도 있다.

흙에 얕게 뿌리를 내리고 옆으로 촉수를 뻗어가는 다육질의 쇠비름은 무성해도 뿌리가 얕아 쉽게 뽑힌다. 채송화보다 잎은 넓지만 줄기생김새는 비슷하다. 밤에는 잎을 오므린다.

채송화와 교접을 시켜 쇠비름 잎에 채송화 꽃모양을 한 다육식물도 있다. 쇠비름은 화장품 원료나 건강대체, 또는 약재로도 쓰인다니 사람들 필요에 의해 기준이 달라진다. 나는 잡초로 분류해 뽑아버린다.

'…내가 그의 이름을 불러 주었을 때/ 그는 나에게로 와서 꽃이 되었다…' 는 김춘수의 〈꽃〉이라는 시 구절처럼 나와 관계 맺기를 하면 흔한 야생화도 내 화단의 주연이 될 수 있겠지. 강아지풀 비슷한데 이름을 알 수 없는 풀은 뿌리가 가늘어도 깊게 박혀 저항이 제법 심하다. 흙이 무르고 복사열도 없는데 어느새 땀이 줄줄 흐른다.

잡초 뽑는 일은 언제나 만만치 않고 땀을 동반한다. 왜 안 그렇겠는가. 생명을 가졌다면 살려는 의지는 본능인데 그 본능을 거스르려니 어찌 쉬운 일이겠는가.

더덕 꽃은 트리의 작은 종을 연상케 한다. 주렁주렁 피어 있는 꽃 속으로 벌이 잉잉거리며 드나든다.

종(種)을 퍼뜨리기 위한 식물의 생태계를 보면 자연의 신비가 느껴진다. 수분(受粉)을 위한 매개자를 끌어 들이기 위해 다양한 방법을 연출한다. 곤충이나 새 등을 매개로 하며, 잎 나기 전 피는 봄꽃은 색깔이 화려하고 녹음 우거진 여름엔 향을 뿜는다. 그도 아니면 수분해 줄 매개자의 시선을 끌기 위한 모습으로 진화한다.

바람을 매개로 하여 수분하는 식물의 꽃은 대개 매우 작고 향기나 색깔이 별로 없으며 곤충을 끌어들이기 위한 화밀(花蜜)이 없다니 생태계의 모습이 신비하다. 하지만 나는 내게 유익함을 가져다주는 고추와 가지의 영양분을 뺏는다는 이유로 잡초라 생각되는 풀들을 뽑는다.

봄 한철 피었던 꽃을 뒤로하고, 지금은 앙상한 가지가 누렇게 변해 볼품없어진 매발톱, 한때 나물로 잎과 줄기를 여러 차례 제공하고 가는 뼈대만 남은 비름나물, 꽃이 한창 예쁜 천일홍(야생화), 레몬밤(허브) 등은 내 손끝이 비켜간다.

언제까지나 청청한 모습일 것 같던 잡초가 쇠해 가는 모습을 보며 한해살이풀도 나이가 있다고 한 선조들의 자연 관찰에 탄복한다. 한해살이풀의 나이를 육십으로 친다면 빛살이 충천한 하지(夏至) 전후 열흘에서 스무 날은 열 살, 초복까지 스무 살, 중복까지 서른, 말복을 마흔으로 친단다. 삼복이 지나면 1세대의 잎들은 노화를 하고 열매가 충실해진다니 선인의 혜안이 놀라울 뿐이다.

"나는 구분이 안 돼 모두 뽑을 텐데…" 남편이 옆에서 말한다.

남편이 공들이는 더덕이나 밥상에 오르는 채소, 야자수처럼 커다란 푸른 잎 속에 붉은 꽃을 피우는 칸나정도만 아는 남편 말에 나는 잠시 동작을 멈춘다. 잡풀이라 생각하는 내 기준일 뿐 종류에 관계없이 모두가 자연계의 현상인 것을….

달개비(닭의장풀) 역시 필요한 이에게는 약재로 쓰인다. 당뇨병에 좋다고 하지만 내게는 잡초일 뿐이다.

나는 어떤 이름으로 살고 있을까? 다른 이를 이롭게 하는 알곡 같은 사람으로 살고 싶은 마음은 다 같을 것이다.

뿌리가 끊어진 풀은 손톱 끝으로 기어이 뽑아낸다. 쉽게 뽑혀지지 않는 잡풀을 뽑아내며 미움도 오래 묵으면 마음 밭에 뿌리를 깊게 내릴까. 풀뿌리 뽑듯 미움도 깊게 자리 잡기 전 뽑아야 할 텐데, 풀뿌리만 뽑고 있는 내가 부끄러워지는 순간이다.

나는 마음이 여려 상대방의 말 한마디에 곧잘 상처를 입는다. 그래서 사람과 사람의 관계에 어려움도 느끼지만 희망은 역시 사람이다. 잡초를 모아서 썩히면 훌륭한 거름이 되어 땅을 비옥하게 한다. 내 마음을 어지럽혔던 미움도 잡초처럼 뽑아내면 나를 불편하게 했던 상대가 오히려 나를 성장시키는 벗이 되지 않을까. 잡초를 뽑으면서 잡초에게서 배운다.

노랑퉁이

날씨가 가물어 걱정이 많다.

신문 기사는 땅이 쩍쩍 갈라진 사진과 함께 100여 년 만의 가뭄에 전국의 작물이 고사될 판이라고 전한다. 지난겨울에 눈이 적게 내려 올봄에 때늦은 폭설이 잦으리라 예상했는데 빗나갔다. 어릴적에는 봄가뭄로 논이 거북등처럼 갈라지고 저수지가 바닥을 드러내는 뉴스를 자주 보았다.

수리시설 발달로 요즘에는 보기 드문 현상인데 올해는 농사에 타격이 크다고 한다. 그나마 다행인 것은 낙동강 6개 보 덕분에 경북의 저수율이 최고라 한다. 4대강 보를 설치할 때는 찬·반 논란으로 전국이 시끄러웠지만 갈라지는 논밭을 바라보는 농민들 심경이 어떠하겠는가. 자식 입에 밥 들어가는 일과 논에 물 들어가는 모습을 기쁨으로 여겼던 일이 어찌 옛일이기만 할까. 지금은 모든 논란 다 접어두고 마음이 바작바작 타들어갈 농민들을 위해 저수량을 나누어 썼으면 하는 마음이다.

우리 집 옥상 밭은 주변이 콘크리트 건물로 둘려있어 아침저녁으로 물을 흠뻑 주어야 한다. 날씨는 가물어도 옥상에서 키우는 우리 집 작물은 내가 물을 흠뻑 준 덕에 가지와 파프리카, 고추는 지지대가 필요할 정도로 제법 자랐고, 상추도 먹을 만큼 자라 식탁에 오른다. 바람에 실려 왔을까. 작물 사이로 비름과 이름을 알 수 없는 풀들도 함께 자라고 있다. 필요는 개개인마다 다르다. 지인은 비름을 몽땅 뽑아냈다며 끈질긴 생명력에 손사래를 치지만 나는 반찬으로 활용하기 위해 한여름이 되기 전까지는 뽑지 않는다. 비름이 식품으로 가치가 떨어질 때까지 놓아두기로 하고 잡풀만 뽑아낸다.

상추 사이로 실하게 자란 비름의 통통한 줄기를 툭툭 끊어 데친 나물을 반은 초고추장에 무치고 반은 들깨가루 넣은 된장 양념에 무쳐 식탁에 올린다. 여러 해 반복해온 우리 집 여름 정경인데 그동안은 무심히 넘겼을까. 내 시선을 붙잡는 현상에 생각이 멈춘다. 상추 사이로 자란 비름은 줄기가 통통해 상추에 해를 줄까 염려스러운데도 아까운 마음에 뽑아내지 않고 키웠다. 그렇듯 나물로서 가치가 있는 것과 달리 같은 이랑의 그 옆 비름은 자라다 만 듯 줄기가 바닥에 붙고 잎도 노랗다. 도저히 식품으로 가치가 없다. 방해할 작물도 없는데 어찌 자라지 못했을까. 이어 다른 이랑의 밭을 살펴보았다.

가지와 고추 사이의 비름도 줄기가 쭉쭉 뻗었고 야생화 사이의 비름도 실하게 자라고 있다. 오히려 작물과 겹치듯 자라기도 해 뿌리를 내린 비름을 제거하기 어려운 모습이다.

홀로 있으면 영양분을 독식할 수 있어 청청할 줄 알았는데 잉여 영양이나 수분을 나누지 못하면 비정상으로 키만 크거나 뿌리가 썩기도 하나 보다.

영양이 부족해 보이거나 얼굴에 병색이 짙으면 어른들은 '노랑꽃이 피었다' 했고 '노랑퉁이'라고도 했다. 빈 이랑의 병든 그 모습을 보고 있자니 내 젊은 날의 모습이 그 위에 겹쳐진다.

동생들의 가장이었던 나는 결혼이 많이 늦었다. 운영하던 서점이 대형화에 밀려 접었을 때는 소속감이 없었다. 아줌마들과의 대화는 어색하고 서점 하며 알게 된 후배들은 나이가 어리며, 대화 주제가 다르고 세대가 다르니 홀로 지내는 시간이 많았다.

내게는 나누어줄 것이 없다는 생각에 받는 데도 서툴렀다. 지금 생각하니 받는 것이 서투른데 주는 것인들 다를 바 있었으랴. 마음의 문을 열지 못한 탓에 남과 어울리지 못했던 그 때의 나도 저렇게 노랑퉁이가 아니었을까.

잡기(雜技)조차 흥미가 없었던 나는 여가 시간을 주로 독서와 산책, 레이스 뜨기로 소일했다. 글자를 깨치고부터 좋아했던 책

읽기에 읽을거리를 끊임없이 찾았다.

의미 없이 던지는 상대방의 말 한마디에도 상처받았던 나는 사람보다 자연을 통해 위로 받고자 산책을 즐겼다. 독서와 산책 외 틈틈이 떠둔 레이스는 원하는 가까운 지인들에게 좋은 선물이 되었다. 이 세 가지는 비용 부담이 적어 좋긴 했지만 주로 혼자 하는 여가 선용이었다. 이웃과 어울리지 못했던 생활에 무슨 활기가 있었겠는가. 어울려 사는 게 서툴렀으니 아마도 병든 닭 같은 모습이었을 것이다.

암이나 우울증은 모두 소통이 안 돼 생기는 병증이라 한다. 몸 안의 세포가 이웃 세포와 소통을 끊은 탓인가 암 환우는 체온이 낮다고 한다. 우울증은 정서 혹은 심리가 주위와 단절하여 생기는 병이다. 이웃과 소통되지 못한 내 영혼은 영양실조에 걸려 노랑꽃이 핀 모양을 하고 있었겠지만 스스로는 욕심이 없어 정신이 한가하여 좋다고 생각했다. 남들이 보기엔 독선이고 오만하게 보였으리라.

주제가 맞지 않는다고 함께 어울리지 못하고 세대가 다르다고 쉽게 속내를 털어놓지 못했던 나는 가까웠던 그 후배들과 연락이 두절되었으니 아쉬운 일이다. 나를 이모라 부르던 후배의 아이들도 이제는 스무 살이 넘었다. 어디선가 "이모는 왕공주병이야!" 하는 소리가 들리는 것도 같다.

남편을 만난 이제야 보통 사람의 의식을 갖고 산다는 생각이 든다. 남들이 나를 보는 시선에도 부담이 적고 나도 남을 대하는 게 부드러워져 여럿이 모인 자리도 편해졌다. 자연에서 얻는 위안이 혼자 느낄 수 있는 감정이라면 사람에게서 느끼는 희ㆍ노ㆍ애ㆍ락은 동참이다.

남는 건 나눠주고 모자라는 것은 받기도 하면서 함께하는 삶, 사람 인(人) 자를 만들어낸 깊은 뜻을 이제야 알겠다.

함께 가는 길

설악산 토왕성 폭포를 45년 만에 개방한다는 소식에 남편의 눈이 반짝였다.

입영 통지서를 받고, 친구와 약 보름간 설악산을 누비고 다녔으면서도 3대 폭포 중 하나인 토왕성은 그때 출입통제여서 아쉬웠다는 이야기를 남편에게서 여러 번 들었다.

지도를 꺼내놓고 진지하게 설명하는 남편을 보면서 성하(盛夏)의 계절인 7월을 넘기지 않고 기필코 설악산으로 향할 것임을 예감했다. 더운 날씨가 싫어 내키지 않아도 간절히 원하는 남편의 뜻에 따라 결국은 나도 함께 할 수밖에 없으리라는 것도.

신흥사 입구에서 내린 우리는 7월 햇살에 하얗게 빛나는 화강암 다리를 지나 내(川)를 끼고 산기슭으로 들어섰다. 가뭄으로 물이 적어 군데군데 바닥을 드러낸 내 때문에 더운 날씨가 더 덥게 느껴진다. 산그늘 따라 한참을 걸으니 큰 나무 사이로 길은 평탄하고 주변 풍광은 마음을 편하게 한다. 그 산이 그 산인 듯해도 마음에 닿는 느낌은 다르기에 이 산 저 산을 찾는 게 아닐까? 나는 쉽게 찾아올 수 없는 설악산을 가슴에 담아두려 이곳저곳 시선을 돌리며 눈맞춤을 했다.

'이정도 산행이라면 몇 시간쯤 끄떡없겠네, 괜히 겁먹었군!' 하지만 언제까지나 이어질 것 같던 잔잔한 숲길은 마지막 화장실을 뒤로 끝났다. 오르막이 시작되는가 하더니 발부리에 걸리는 돌멩이에 보행이 쉽지 않으며 호흡도 흐트러진다. 예로부터 악(嶽) 자 들어간 산은 오르기 쉽지 않다더니 빈말이 아님을 산 초입부터 실감했다.

계곡의 흐르는 물줄기에 발을 담군 이들을 부러워하며 철제 다리도 건너고, 돌멩이로 울퉁불퉁한 길을 걷고 또 걸었다. 육담폭포 앞 출렁다리를 지나 시원하게 쏟아지는 비룡폭포에 손 한번 담그지 못한 채 드디어 토왕성 폭포 전망대로 오르는 계단 앞에 다다랐다. 전망대까지는 약 400m, 뱀처럼 구불구불하면서도 거의 수직에 가까운 계단 수는 구백 개라는 말도 들린다.

나는 아래만 보고 올랐다. 코는 앞 계단에 닿을 듯하고, 올라갈수록 호흡은 거칠어지는데 계속 올라오는 사람들로 인해 그 자리에서 쉴 수도 없다. 마치 고속도로에서 차의 흐름에 따라 속력을 낼 수밖에 없듯 오르다 숨이 차면 뒷사람을 위해 옆으로 잠시 비켜 서야 했다. 계단 오르는 100m가 산 아래서의 1km도 넘는 것 같은 힘겨운 사이로 어릴 적 부르던 동요가 저절로 생각났다. '한 고개 넘어갔다 아이고 다리야, 두 고개 넘어갔다 아이고 다리야…'

흐르는 땀이 눈에 들어가는 것은 이마에 질끈 동여맨 수건으로 막았고, 수분 보충은 매실효소를 얼린 병에 생수를 부어 시원한 물로 목을 축였다.

숨은 턱까지 차오르고, 한 계단 한 계단 오르는 다리가 무겁다. 자신과의 싸움에서 나를 넘어설 무언가가 절실했다.

젊은 날 힘들었던 기억을 떠올렸다. '엄마 돌아가시고 동생들의 가장이었던 그때보다 지금이 더 고통스러운가? 그때는 내 의지와 상관없이 우리 가정에 몰아친 피할 수 없는 운명이었고, 혼자 어려움을 해결해야 했다. 지금은 내가 힘들 때 기댈 수 있는 남편의 어깨와 포기하고 내려갈 수 있는 선택권이 내게 있다. 또한 큰 동생이 병을 얻고 세상을 떠났을 때 슬픔이 커서 많이 힘들었다. 그래 그때에 비하면 이 정도쯤이야…. 그리고 젊지 않은 우리가 언제 이곳에 또 오랴.'

포기하지 않고 드디어 폭포 전망대 앞에 올랐다. 1km 거리에서 보는 폭포는 가뭄으로 물이 적어 희미하게 보였다. 이불 꿰매는 실타래를 늘여놓은 것 같은 가느다란 물줄기는 힘들게 올라온 보상으로는 너무 적다는 느낌을 일순 받았다. 물이 적어 귀하게 보이기도 했으니 불평할 일은 아니다.

폭포는 상단물줄기가 150m, 중단이 80m, 꺾인 하단 물줄기가 90m 정도로 약 320m 길이가 된다지만 그 모습을 못 보면 어떠랴! 나를 극복하도록 이끌어준 남편의 존재감을 느낀 것만으로도 만족한다. 희미한 물줄기와 주변의 빼어난 산세를 배경으로 나는 만세를 부른 피사체로 남겨졌다. 얼굴은 잘 익은 토마토보다 새빨갛지만 귀하게 얻은 한 장의 사진이다.

남편은 혼자였으면 포기했을 여행이었는데 같이 와줘서 고맙다는 말을 내게 거듭했다. 우리 부부가 가야할 인생길에 평탄한 길만 있겠는가. 하지만 손잡아 이끌어주고 등을 밀어주면서 지금처럼 헤쳐나가리라는 것을 믿어 의심치 않는다.

오를 땐 발밑만 보느라 놓쳤던 설악산의 명물인 아름다운 금강송(松)을 내려오면서야 보았다. 토왕성 폭포와 달리 쏟아지는 물줄기를 가진 비룡폭포에서 시원하게 손도 씻었다. 산행에서 늘 그렇듯 올라갈 때는 주변 풍광이 눈에 잘 들어오지 않는다. 올라야 할 목표가 있고 힘이 들어서일 것이다.

우리 부부에게 남은 인생도 오르는 일이 아니라 이제는 내려가는 시기다. 앞만 보고 오르느라 인생에서 못 보고 놓쳤던 소중한 일들을 찾으며 한 박자 늦춰 삶을 천천히 즐기고 싶다.

이번 여행이 우리가 걸어온 삶의 방식에 전환점이 되었기를 기대한다.

화순의 적벽

올봄 텔레비전에서 세량지·창랑·물염·노루목(장항·이서)·적벽 등 화순지역 관광지를 소개했다.

세량지는 산골짜기에 위치한 저수지로 양쪽 골짜기가 물에 비치는 모습이 계절마다 일품이어서 사진작가들이 좋아한단다.

광주시민들의 식수원으로 사용하기 위해 섬진강 지류인 창랑천을 막아 동복호를 만들었고 7Km에 걸쳐 4개의 적벽경관이 발달하여 화순적벽이라 한다.

상수원 보호를 위해 30년간 통제한 출입을 제한적으로 개방을 한다며 그동안 감춰왔던 비경을 화면으로 보여주는데 나는 꼭 가고 싶었다. 30년 만에, 그것도 제한적이라지 않는가. 화순에서 운행하는 버스로만 투어가 가능하고 개인 승용차는 들어갈 수 없다니 호기심을 더 자극하여 이 기회를 놓치고 싶지 않았다.

우리부부가 가끔 이용하는 여행사에서 일주일에 두 번 화순 적벽 투어를 한다기에 신청했다.

여행 당일, 잠실의 지정된 장소에 가니 이른 시간임에도 버스 두 대가 대기하고 있어 매스컴의 위력이 실감되었다. 방송을 못 본 남편은 처음 듣는 여행지에 떨떠름한 표정이고, 승객들 중에도 '그 먼 골짜기에 뭐 볼 게 있어 아침 일찍 가느냐?' 투덜대며 아예 눈을 감은 사람들도 있었다.

남도의 여름은 새색시의 녹의홍상을 보는 듯 마음을 푸근하게 한다. 멀리 또 가까이 눈길 닿는 곳 어디든 배롱나무의 붉은 꽃이 녹음 속에 지천으로 피었다. 남도의 풍토에 적합한지 가로수 또는 밭둑에도 아주 흔하다.

셔틀버스는 출입증을 목에 건 방문객들을 태우고 한 번에 네 대씩 132명이 이동하는데 지역 사투리를 쓰는 가이드의 구수한 입담이 정겹다.

화순지역은 퇴적층이 층리를 이루는 크고 작은 적벽이 많다. 시선이 가는 산허리 나무 틈으로도 층회암이 간간이 보인다.

화산은 인류에게 재앙이다. 적벽은 상처의 흔적일 게다. 줄무 늬를 가진 층리, 수직으로 솟은 절리 등, 빙하기 이후의 기후변화를 짐작할 수 있는 다양한 암석층은 요즘 주목받는 지질연구의 대상이다. 자연은 이렇게 상처마저도 보는 사람들에게 치유의 감성을 느끼게 한다. 적벽을 찾아가는 지금의 우리뿐이랴. 먼 옛날 사화로 유배 중이던 최산두가 소동파의 노래 양자강 황주적벽에 버금간다고 하여 적벽이라 명명했다고 한다.

개혁정치가였던 조광조 역시 화순에서 사약을 받기 전 25일 동안 화순적벽을 배로 오르내리며 한을 달랬다고 전해진다. 중종에게서 다시 부름을 받아 덕과 예를 중심으로 한 이상 정치를 펼칠 수 있길 얼마나 소망했을까. 화순에는 그가 사약을 받은 유적지가 지금도 남아있다.

구절양장 같은 아슬아슬한 산굽이를 돌고 돌아가는 길, 일행은 물염정을 지난다. 사헌부 감찰과 풍기군수 등을 지낸 송정순이 속세에 물들지 말라는 뜻으로 지은 정자는 금성 나씨인 외손형제에게 주었기에 지금은 금성 나씨가 관리한다.

김삿갓으로 알려진 김병연도 34세에 찾은 화순적벽에 매료되어 이곳을 여러 번 찾았다. 그의 시비에 싸인 동상이 물염정 옆에 있고, 그는 멀지 않은 구암리에서 생을 마감했다.

네 개의 적벽 중 가장 큰 노루목 적벽 앞에 드디어 섰다. 물은 산을 품었고, 적벽의 아랫부분마저 물속에 감추었다. 물 건너 멀리 보이는 적벽은 동복호가 생기기 전에는 유람선을 타고 가까이서 볼 수 있었고, 위에서 불꽃을 아래로 던지는 행사를 하며 즐겼단다.

망미정에서는 적벽을 좀 더 가까이 볼 수 있다는데 지금은 출입이 통제되었다. 망미정은 병자호란 때 의병장 정지준이 인조가 청 태종에 무릎 꿇었다는 소식에 정자를 짓고 은둔생활을 했던 곳이다. 개·보수한 지금의 현판은 김대중 전 대통령이 썼다.

망향정, 망향단, 망향탑 앞에 수몰마을 이름을 새긴 15개의 비가 있다. 동복호를 만들면서 물에 잠긴 587가구 마을주민들은 비만 남긴 채 실향민이 되어 흩어졌다. 이들에게는 드나들 수 있는 자격이 있다는데 조상 묘를 찾는 일 외에 드나들 일이 무에 있겠는가.

동복호의 물은 광주시민의 식수원일 뿐 정작 화순주민에게는 별로 영향이 크지 않다. 상수원 보호라는 명분으로 관리 통제마저 광주시에서 한다.

가이드의 설명에 나는 마냥 씁쓸했다. 마치 알래스카를 판 소련이 화순주민들과 겹쳐졌다면 지나친 비약일까.

웃는 자가 있으면 우는 자가 있기 마련, 30년이란 세월이 가슴 시린 이들에게 좋은 약이 되었으면 하는 바람으로 바라보는 망향정이 애달프기만 하다.

이어 우리부부는 천 불 천 탑의 운주사로 향했다. 예전에 보았을 때는 무심히 스쳤는데 불상에도 층회암이 쓰였다.

아는 만큼 보인다더니 불상에 쓰인 돌들이 예사롭게 보이지 않는다. 푸근하게 보이던 불상들의 표정이 이해가 된다. 상상할 수 없는 뜨거움과 극한의 냉기가 만나 응결되고 터진 돌을 이용한 장인의 손길이 불상이라기보다 편안한 이웃의 얼굴로 새긴 것 같다. 어쩌면 장인 역시 고난이 무엇인지 아는 사람 아닐까.

그런 의미에서 고통을 딛고 일어선 사람의 표정은 모든 것을 수용하고 보는 이를 편하게 하려니, 하는 마음을 안고 일주문을 나섰다.

난지도

10년이면 강산도 변한다고 한다.

댐을 만들어 마을을 수몰시킨다는 기사를 볼 때면 상전벽해(桑田碧海)라는 말이 떠올랐다. 그러던 차 난지도에 갔다가 자연이든 인공이든 영원히 변하지 않는 것은 없다는 생각을 새삼 했다.

난초와 지초가 흔하고 예쁜 꽃들과 새들의 보금자리였던 난지도. 난초와 지초는 향이 있는 식물이다. 그래서 격조 있는 사귐을 '지란지교'라고 한다.

오리를 닮아 압도(鴨島)라고도 불렸던 아름다운 섬이 쓰레기 산이 된 것은 한때 우리한테 소중했던 물건들이 더 이상 쓸모없게 되어 쓰레기로 분류되면서였다.

잠실과 장안, 상계의 쓰레기장이 포화상태에 이르자 시내 외곽이면서 교통이 편리한 곳인 난지도에 1978년 3월부터 쓰레기를 받게 되었다.

외국의 국제적 모델은 4m가 한계인데 수도권에 짓기로 했던 소각장 건설이 늦어지면서 15년의 세월동안 높이 100m에 이르는 두 개의 쓰레기 산이 만들어졌다. 폭염이 내리쬐는 여름에는 악취, 파리, 먼지가 많다하여 3다도라고 부르기도 했단다.

살아있는 건 썩는 일과 냄새뿐이었다는 글을 읽는 순간 내 후각은 마치 현장에 있는 듯 그 냄새가 생생하게 느껴졌다. 흐르는 땀과 땀띠까지도.

수기(水氣)를 머금은 건 무엇이든 환기가 되지 않으면 썩게 마련이다. 피부 역시 다르지 않아 움직이지 않고 그대로 있으면 같은 현상이 일어난다.

어머니가 깊은 병환으로 자리에 누워 거동을 못 하시자 욕창이 생겼다. 환부소독을 하고 약을 도포, 체위를 바꿔도 움직이지 않으니 피부가 재생되지 않았다. 이렇게 끝을 향하여 무너지는 생명이 슬프고 안타까운 일이라 해도 악취는 괴로웠다. 아무리 너나없이 우리 모두가 겪어야 될 일이라 해도 피하고 싶은 게 본능이었으리라. 그때도 폭염이 기승을 부리던 복(伏)중이었다.

내가 어머님 상처에 약을 바르고 거즈와 반창고로 냄새를 막고, 재생을 위한 치유를 하듯 쓰레기 산에도 비슷한 공사를 했다.

침출수가 새어나가지 않도록 차수 벽 설치, 오염된 물을 정화시키는 침출수를 처리한 후, 매립지 위에 50cm두께의 흙을 덮고 그 위에 물이 스미는 것을 막는 차수막을 깔았다. 물이 잘 빠지도록 하는 배수층과 식물이 자랄 수 있는 식생층, 표층의 흙을 각각 30cm씩 덮은 후 잔디와 키 작은 나무를 심었다.

나는 흙의 치유능력을 안다. 더러움과 냄새를 막아주는 신기한 자연물질인 흙의 능력을 우리 집 옥상정원을 통해 종종 느끼기 때문이다. 대지는 모든 것을 품어주는 어머니의 품을 닮았다.

지금의 난지도는 하늘과 노을공원이라는 이름하에 척박한 땅에서 되살아나는 자연의 모습을 보여주는 체험의 장으로 활용되고 있다.

잘 가꿔 놓은 억새와 목책, 풍력발전기는 이국적인 풍경을 보여준다. 그 밑에 숨겨진 불편한 진실만 모른다면 말이다.

봄이면 비교적 안정된 가장자리에 심은 산수유와 개나리는 노랑꽃을 피울 것이고, 아까시도 푸른 잎을 참새 혀만큼 내밀며 난지도에 봄이 왔음을 알릴 것이다.

비록 사람에 의해 섬이 쓰레기 산으로 변했지만 다시 사람의 노력과 생태계의 복원력에 의해 아름다운 장소로 변한 공원에 감탄했다. 그날 쓰레기 산이었던 또 다른 노을공원까지 찾기엔 하루의 일정이 너무 벅차기에 뒷날 우리는 하늘공원을 거쳐 노을공원으로 갔다.

노을공원은 골프장이었던 곳을 시민공원인 휴식공간과 캠핑장으로 만들어 캠핑을 즐길 수 있도록 설비를 갖춰 놓았다. 넓은

터 곳곳에 조형물을 세우고 오두막 그늘이 있어 가을 햇볕을 피하기에도 좋았다. 인간의 능력이 자연과 만나 유익한 쪽으로 개발하면 살기 좋은 세상을 만든다는 자긍심이 마음을 흡족케 한다. 노을공원은 쓰레기가 썩으며 생긴 메탄가스를 활용하는 관을 설치해 놓았다.

돌아오는 길에 피곤한 몸을 늠름한 메타세콰이어에 기댄 채 강변도로를 달리는 자동차 소리를 들었다. 휴식을 위한 벤치가 중간중간에 있어 쉴 수도 있다. 가장자리에는 이렇게 나무가 우거져 색다름을 즐길 수 있으니 누가 쓰레기가 모인 산으로 알까.

인간의 행위와 무한한 능력에 대해 생각해 보았다.

우리가 난지도의 공원을 처음 찾던 날은 추웠기에 컵라면을 준비해 갔다.

땅이라 딛고 있는 하늘공원이 내가 버렸던 쓰레기가 모여 만들어진 산이라 생각하니 부끄러웠고 길들여진 습관의 해악이 두려웠다.

마트에 가면 스티로폼 접시에 담긴 포장된 채소를 집어 들었고, 비치된 두루마리 비닐봉투를 망설임 없이 뜯어서 상추와 과일을 담았다.

예전엔 어떻게 했나! 동네 가게에 부식 사러갈 때면 소쿠리를 들고 가서 계란이나 콩나물을 담아왔다. 한 번에 다 고칠 수는 없겠지만 앞으로는 장바구니를 활용하여 비닐봉투 쓰는 횟수를 줄여야 하며 재활용이 생활화돼야 한다고 다짐했다.

'알고 짓는 죄와 모르고 짓는 죄' 중에 어떤 죄가 크겠느냐고 스님이 질문하셨다. 우리는 모르고 짓는 죄는 용서받을 수 있다고 이구동성으로 대답했다. 알고 짓는 죄는 그만두려 노력하지만, 모르고 짓는 죄는 모르기 때문에 그칠 생각을 못한다는 말씀에 무지가 더 큰 죄라는 사실을 그제야 알았다.

나도 지금은 가방마다 접는 장바구니를 넣어두었다.

비록 쓰레기가 모여 만든 공원이지만 오히려 아름답게 변모되어 사람에게 휴식을 주니 오래도록 지켜지고, 귀감이 되었으면 좋겠다.

봉숭아 꽃물들이기

새들새들 말린 봉숭아꽃과 잎을 그릇에 담아 매염재 백반과 함께 콩콩 찧었다.

손톱에 봉숭아 꽃물들이기 위해 자른 랩과 실을 준비하여 남편에게 손을 내밀었다. 남편은 마다않고 손톱 위에 짓찧은 봉숭아를 올리고 랩으로 싸고 실로 동여매준다.

오늘밤 불편함을 참고 자면 내일 아침엔 손톱이 주홍색으로 곱게 물들어 있기를 기대하며 설레는 마음이다.

요즘은 네일아트가 대세다. 곱게 손질한 손·발톱 위에서 보석이 반짝이고, 도트프린터로 예쁜 도형이나 꽃이 피기도 한다. 하지만 내 유년시절 손톱장식이란 봉숭아 꽃물들이기가 고작이었지만 봉숭아물이 든 손끝의 붉은 색은 참 고왔다.

봉숭아 꽃물이란 한여름의 계절성 풍습이어서 여름이 가기 전 들여야 했다.

손톱 주위가 붉게 물드는 걸 막기 위해 어머니는 손톱 주위를 밀떡으로 붙인 후, 찧은 봉숭아를 올리고 콩잎이나 피마자 잎으로 싸서 실로 동여매주셨다.

아침잠에서 깨어나면 손톱이 붉은 빛으로 예쁘게 물들어있기를 바라지만 일어나보면 손톱 끝에 묶여있어야 할 콩잎은 방구석에 처박혀있기 일쑤였다. 잠결에 빠지기도 하고 불편해서 내가 뽑기도 한 모양이다. 그런 처지이니 꽃물이 제대로 들었을까 그때의 실망이란….

세월이 흘러 손톱 주위에 붙이던 밀떡이 매니큐어로 바뀌었고, 어머니가 손톱 위에 봉숭아를 올리고 묶어주던 일이 남동생의 역할이 되었다. 콩잎은 랩으로 대체됐다. 아침이면 '혹시나' 하던 기대는 '역시나' 하는 실망으로 변하곤 했다. 내 손톱은 원하는 만큼 색이 들여지지 않았다.

그래도 여름이면 미련을 버릴 수 없었는데 봉숭아 꽃물을 들이면 건강이 위급해졌을 때 마취가 안 된다는 풍문에 잠시 시들해져 버렸다.

손톱 색깔로 마취상태를 체크하는데 물들인 손톱은 알 수가 없어 그렇게 와전된 것이 아닐까 하는 추측을 하며 엄지와 검지를 뺀 여섯 개의 손톱만 꽃물을 들였다.

봉숭아에는 전해 내려오는 이야기가 있다.

고려시대, 원나라에 공녀로 끌려간 자매, 봉미와 선미는 가야금을 잘 탔다. 그들은 볼모로 끌려간 충선군의 눈에 띄어 고국으로 다함께 돌아가자고 약속했다. 하지만 충선군의 영민함을 간파한 원나라 조정에서는 온갖 유혹으로 충선군을 폐인으로 만들려고 했다. 자매가 충선군 옆에서 고국을 잊지 않도록 가야금 소리로 향수를 자극했다. 이 사실을 안 원나라 조정은 자매에게 독 묻힌 가야금 줄을 뜯게 하니 손끝에서 피를 흘리며 죽었다.

그 후 충선이 귀국하여 봉미와 선미의 유골을 집 주변에 뿌리자 이듬해 이름 모를 꽃이 피어나 봉미와 선미의 이름자를 따서 봉선화라 부르고, 충절을 잊지 않도록 여인들의 손톱에 봉선화 물을 들이게 했단다.

봉숭아는 우리 민족의 서정에 남아있는 애틋한 꽃이 아닐 수 없다.

'울 밑에선 봉선화야…' 로 시작되는 난파 홍영후의 노래는 처해 있는 민족의 아픔을 노래했고, 이해인 수녀는 '한 여름 내내 태양을 업고 너만을 생각했다'며 시 〈봉숭아〉로 신앙을 노래했다. 이렇게 시대 따라, 바라보는 이 따라 느낌이 다른 봉숭아꽃에 내게도 잊을 수 없는 에피소드가 있다.

계절은 초가을쯤이었나 보다. 뜰엔 맑은 햇살이 반그늘 속에 따가운데 이불호청을 손질하던 어머니가 나를 부르더니 마당에 나가 화단의 봉숭아 씨앗을 건드려 보란다. 재촉하는 어머니 성화에 마당으로 나가 주르륵 달린 씨앗을 무심코 건드리는 순간, 꼬투리가 터지며 씨앗이 날아가 버렸다. 씨가 들어있는 꼬투리를 만져보게 한 어머니의 의도를 몰라 어리둥절해 있는데 어머니 하는 말씀이 "니 성격이 마치 봉숭아 씨앗처럼 톡톡 튄다."라고 하시지 않는가.

어머니는 오래 전에 돌아가셨다. 봉선화라는 다른 이름으로도 불리지만 내게는 어린 날의 추억과 함께 우리말 이름인 '봉숭아'라는 말이 더 정겹다. 몇 년 전 내 귓가에 들려온 노랫말, '손대면 톡 하고 터질 것만 같은 그대…' 가수 현철이 부른 〈봉선화 연정〉의 가사 일부분이다. 아, 나 같은 여인이 또 있더란 말인가. 오히려 내 가슴이 터질 것 같았다. 봉숭아 꽃말은 '소녀의 순정' 혹은 '나를 건드리지 마세요'라고 한다.

그 시절 어머니가 꽃말이 무엇인지 아셨을 것 같지 않다. 하지만 이 노래를 들을 때마다 투명한 햇살이 비치던 화단과 함께 오버랩되는 어머니의 모습이 내게는 조선 중기 때 시인 허난설헌(허초희)처럼 멋진 분으로 느껴진다.

매니큐어를 칠하는데 익숙하지 않은 내게 봉숭아 꽃물은 적격이다. 어쩌다 칠할 때도 있지만 오래지 않아 지운다.

가족의 건강을 책임지는 주부는 손을 잘 관리해야 할 필요가 있다고 생각한다. 손으로 음식을 만들어야 하니 상처나 주부습진에 걸리지 않도록 주의해야 된다는 게 평소의 내 생각이다. 요리하기 전 세숫비누로 닦으면 손에서 향내가 날까 봐 주방세제로 손을 닦는다. 하루에도 몇 번씩 닦으면 매니큐어는 어느새 떨어져 나간다. 이런 때 봉숭아 꽃물은 손톱을 장식하고픈 마음에 제격 아닌가. 봉숭아 물든 손톱은 한 달쯤 지나면 아름다움이 절정에 이른다.

손톱 주변 피부에 들었던 붉은 물은 빠지고 손톱에 반달이 생긴다. 그때가 가장 아름다운데 손톱이 자라 붉은 색이 잘려 나갈 때마다 몹시 안타깝다. 첫눈이 올 때까지 손톱에 봉숭아물이 남아 있으면 사랑이 이루어진다는 로맨틱한 속설에 손톱의 붉은 물이 잘려 나가는 게 가슴 저렸는지도 모른다.

랩 밑으로 흐르는 붉은 물에 이부자리가 지저분해질까 봐 일회용 장갑을 끼고 잤더니 아침까지 묶은 그대로다. 물이 잘 들지 않는 내 손톱이라 기대를 반으로 줄였으나 설레는 마음도 아주 없지는 않다. 예전보다는 진하다. 절반의 성공이다. 남은 꽃잎으로 한 번 더 들여 볼 작정이다.

봉숭아물을 들일 때면 세월의 간극을 넘어, 봉미와 선미의 충절을 기린 붉은 색이 내 손톱에서 이어지는 듯한 느낌에 빠진다.

지리산

남편은 오래 전부터 내게 지리산을 보여주고 싶어했다.

하지만 그때까지도 지리산은 매력으로 다가오지 않았다. 남부군 이현상 일당의 친공세력과 토벌대군의 민족 싸움으로 지리산에서는 피비린내가 느껴졌다. 또 뱀사골이란 지명에서 연상된 고정관념은 뱀을 쉽게 보게 되리라는 두려움이 지리산을 기피하게 된 이유이다. 더구나 지금은 뱀의 활동기인 한여름이 아닌가.

조정래의 ≪태백산맥≫을 여러 번 읽어 마치 지리산을 잘 알고 있다는 착각마저 들었고, 문학의 배경이 된 지리산 주변이 순례코스로서 동경이 될 법도 하건만, 내 생각이 매너리즘에 빠져 새로울 것도 없고 호기심을 유발하지도 않았다.

"올 여름 휴가에는 화순에 있는 운주사를 참배하고 싶다." 라는 내 청에 남편은 기회라는 듯 지리산을 필수코스로 넣어 여행계획을 세운다. 내심 못마땅했지만 내가 원해서 전라도 지역을 선택했기에 반대하지는 못했다.

화엄사 아랫마을에서 숙박한 우리는 아침 일찍 숙소를 나와 천은사의 천수(千手)관음께 참배했다. 처음 보는 천수관음 불상 모습에 남편은 신기해 하였지만 나는 속으로 천 개의 손 중에 한 개를 내어 뱀으로부터 지켜달라고 기도했다.

산자락을 끼고 빙빙 돌아 시암재 휴게소에 도착하여 산밑을 내려다보니 녹음 사이가 희끗희끗하다. 자세히 보니 우리가 지나온 길모퉁이 부분 부분이 녹음 사이로 보인다. 그 모습이 어린 시절 남자아이들 기계충 걸린 밤송이머리를 연상케 했다. 우리가 훼손한 자연에 미안하기도 하고 저 길이 있기에 쉽게 산에 오를 수 있으니 그 양면성에 무엇이 옳고 그른지 분간이 안 되는 느낌이었다.

성삼재에 차를 주차했다. 노고단으로 향하는 길은 산길이라고 하기엔 그 이름이 무색하리만치 넓었고, 우리는 그 길을 따라 산장에 다다랐다. 그곳에서는 모 단체회원들이 '지리산 케이블카 설치를 반대하여 자연을 후손에게 물려주자'며 서명을 권유하고 있었다. 좋은 이야기다. 하지만 또 한편 노약자는 어찌해야 하는가에 생각이 미치자 세상살이의 빛과 그림자가 도처에서 어려운 선택을 요구하는 듯하다.

눈앞에서는 숲은 안 보이고 나무만 보인다. 서둘지 말고 널리 보는 안목으로 현재와 미래의 주인공인 여러 사람에게 이로울 밑그림이 그려지길 기대해 본다.

관목 사이사이 피어있는 야생화에 눈짓으로 인사하고 나무계단을 하나하나 밟고 드디어 노고단 정상에 섰다. 쪽빛 하늘을 배경으로 펼쳐진 운해를 바라보며 느낀 감동을 무어라 하리요. 구름 속에 갇힌 채 산봉우리들은 섬처럼 떠있고 신선이 구름을 타고 이 섬 저 섬 마실을 다니며 그 섬에서 바둑을 두며 세월을 희롱(戱弄)하고 있을 것만 같다.

멀리 보이는 섬진강 물줄기 따라 벌교는 어디쯤일까. 노고단에 서자 내게 지리산을 잘 알고 있다는 착각을 주었던 ≪태백산맥≫이 떠올랐다. 저 곳이 반야봉, 그 뒤가 천왕봉이라는 남편의 설명을 들으며 겹겹으로 솟아오른 산 주름과 웅대하게 펼쳐진 골짜기를 누볐던 염상진, 하대치의 모습이 오버랩 되고, 하얀 꽃이란 이름을 가진 무당 소화(素花)와 정하섭의 사랑이 슬프다.

남편 따라 입산했던 외서댁과 소화가 지리산에서 꽃으로 피고 지는 것은 아닌지.

추구하는 이념이 달라 피를 나눈 형제 사이에도 대치할 수밖에 없었던 민족의 오욕을 간직하고 있는 산, 구경하기엔 명산이라도 반란군에게 있어 지리산은 최악의 상태에 빠졌을 때 선택하는 투쟁지라고 한다. 길목을 막으면 빠져나갈 데가 없는 상태의 투쟁지라 본격적인 투쟁의 마지막 장소란다.

공비들의 거점을 막기 위해 노고단 샘 주변의 나무들을 불태웠던 흔적이나 전투로 피아(彼我) 간에 흘렸을 혈흔도 반세기 전 일로 이제는 역사 속에서만 전해지고 있을 뿐이다.

비박을 하기 위해 키만큼 큰 배낭을 짊어진 청소년들의 발길이 이어진다. 지리산의 유명한 일몰과 일출만이 아니라 역사의 비극도 잊지 않고 가슴에 새겨오기를 기대한다.

내려올 때는 넓은 길을 택했다. 녹음 사이로 펼쳐진 구릉을 보기 위해서다. 너른 골짜기 숨을 곳이 많으니 토벌대의 고생 또한 만만치 않았으리라.

지리산은 변덕이 심한가. 성삼재에 도착하니 하얀 실 같은 운무가 군무를 추듯 흩날리기 시작했다.

운무는 오래지 않아 베일로 가리듯 모든 걸 가려버렸다. 지리산은 더 이상 속살을 보여주지 않겠다는 듯 사물의 초점이 맞지 않아 흐릿하게 보이고 꿈속의 환영을 보듯 휴게소 건물이 흔들리고 사람이 흔들려 보인다. 어쩌면 '네가 이래도 나를 안다고 하겠느냐?'라며 꾸짖는 것도 같다.

짙은 운무에도 차량은 꼬리에 꼬리를 물고 올라온다. 우리도 전조등과 미등을 켜고 안개 속을 조심조심 내려 왔다.

이제 오르는 이들에게도 지리산은 운해를 보여줄 것인가 생각하니 시시각각, 변화무쌍한 지리산에서 노고단의 운해와 성삼재에서의 운무를 볼 수 있었던 우리는 운이 좋았던 것 같다.

방대하게 보이는 지리산을 소경 코끼리 만지듯 다녀오고 어찌 지리산을 말할 수 있으랴.

기회가 되는 대로 오르고 또 오르리라. 그리고 이병주의 ≪지리산≫과 조정래의 ≪태백산맥≫을 다시 읽어야겠다. 하지만 문학은 문학일 뿐, 그 배경이 되었던 지리산에 대하여 넘겨짚었다 팔다치는 오만한 마음을 다시는 갖지 않을 것이다.

신비한 모습을 보여준 지리산과 그곳에 데려다준 남편에게 감사하는 마음이다.

책벌레

여름이 지나는 동안 내가 읽었던 책들이 책상 위에 10여 권 쌓였다.

직접 사들인 책과 선물 받은 책들이다. 포화상태에 이른 책꽂이를 여백 없이 정리하여 쌓여있던 책들을 겨우 꽂았다.

어릴 적, 책에 관하여 목말라했던 나는 책에 관한한 애착심이 강하다. 한번 읽은 책은 필요로 하는 곳에 기증하거나 지인들에게 빌려주기도 하면 좋으련만 소장하고 있다. 갖고 있는 책 중에는 두 번 이상 읽은 책들도 많다. 다시 읽고 싶을 때 손닿는 곳에 내 책이 있다는 기쁨은 자못 크다. 책을 대부분 빌려서 읽었던 어릴 적 생각을 하면 다른 이들에게 베풀지 못하는 내가 부끄럽기도 하다.

한번 읽고 마는 것이 아니라 필요할 때 다시 읽기 위해서라고 하면 인색함에 대한 변명이 될는지….

한글을 깨치면서 책을 가까이했던 내 취미는 경제적으로 어려운 때에 더욱 진가를 발휘했다. 책을 빌려주는 인심은 비교적 후했기에 돈이 없어도 마음만 먹으면 읽을 수 있었다. 그래서 이웃에 있던 술도가의 많은 책들은 거의 섭렵했다.

불편함이 있다면 짧은 시간 내에 읽고 파손 없이 되돌려 주는 것으로 원칙을 세운 내게 사정이 생겨 시간을 오래 끌면 미안한 마음에 왠지 눈치가 보였다. 상대는 아무 소리도 않는데 책을 돌려주며 다시 빌려달라는 소리가 쉽게 나오지 않았다.

책을 소중히 다루던 습관은 지금도 여전하여 책을 읽다가 중단한 부분을 접지 않고 가능한 한 서표를 이용하며, 책이 잘 펴지지 않는다고 눌러서 제본을 파손시키는 행위는 하지 않는다.

동화를 읽으면서 권선징악을 배웠다. 착한 마음으로 바르게 살면 끝에는 복을 받아 행복하게 살았다는 내용이 주요 골자였다. 여기에 친정어머니의 교육도 가세했다. 어머니는 선한 끝은 있다며 착하게 살라고 항상 강조하셨다. 난관을 헤쳐 가는 슬기로움도 다양했다.

어떤 문학이든 국적에 상관없이 사유의 힘을 발휘하며 같은 듯 다른 인간의 모습에 빠져들게 했으며, 덕분에 나는 세상 이치에 대하여 일찍 깨달았다. 세상에는 열 가지 모두 만족할 수 있는 사람은 없는 것 같다. 때로는 가진 것도 어느 만큼은 포기하며 자기의 소유 가운데에서 만족해야 한다는 걸 깨달았다.

책 속에서 얻은 교훈은 지금도 감사하는 마음을 갖게 한다.

'뼛속까지 사무치는 추위를 겪지 않고서야 어찌 코를 쏘는 매화 향기를 얻을 것인가!'

결혼하기 전, 소파를 구입하려는 지인과 함께 사당동 가구거리에 간 적이 있다. 엔틱가구 중에 내 시선을 끄는 가구가 있었다. 작은 책상인데 뚜껑을 위로 열면 문구를 보관할 수 있는 디자인으로 영화에서 본 유럽귀족들이 사용했을 것 같은 고전적인 느낌을 주는 가구였다.

시선을 떼지 못하고 관심을 보이는 내 심중을 눈치 챈 그녀가 책상을 사주겠단다. 대신 내 방에 있는 책들을 모두 치우라 한다. 그 당시 내 방 한쪽 벽은 서가로 채워져 있었다.

친구도 "아가씨 방에 화장대를 놓아야지, 많은 책을 뭣하러 갖고 있어?" 라며 책 치우기를 권유했다. 내가 결혼 안하는 것이 마치도 책에 원인이 있다는 듯한 충고였다.

내게 책이 어떤 의미였는지 그들은 알까? 아니 알았기에 집착하는 마음을 다른 곳으로 돌리고자 했을 것이다.

'하루만 독서를 안 해도 입안에 가시가 돋는다.'던 안중근 의사처럼 책은 내 생활에서 떼어낼 수 없으리만큼 절실했던 시기였다.

엔틱 책상이 아니어도 예쁜 화장대가 아니어도 좋았다. 삶이 내게 불리한 쪽으로 펼쳐져 내가 서있는 곳이 어디쯤인지 알 수 없을 때도 내가 할 수 있는 일은 책을 읽는 것이었다. 서가에 기대고 앉아만 있어도 위안이 된 적도 있었다. 그러다 눈 밝은 남편을 만났다. 남편이 내 서가를 보더니 살아온 과정을 알겠다는 표정으로 청혼을 하며 소장하고 싶은 책들을 모두 가져와도 좋다고 했다. 서가를 놓을 자리가 없으면 안방에라도 자리를 만들자는 말에 나는 자단목으로 만든 서가가 있는 멋진 서재를 갖는 것이 꿈이라고 말했다.

　결혼식 올리기 전 혼수를 들이는 날, 실어 보낼 책을 선별하면서 내게 희망을 갖게 하고 때로는 용기를 북돋아 주었던 책들을 손에 든 채 나는 지난날을 회상했다.

　큰동생이 사다준 책 세트가 제법 많다. 둘째동생은 입영 날짜를 받아 놓고 '누나 읽고 싶은 책으로 한 세트 고르라'며 망설이는 나를 채근했었다. 잠시 집 떠난 빈자리를 책으로 위안 삼게 해주려 용돈 아껴 책값을 모았을 그 마음이 헤아려졌기에 선뜻 받을 수 없었다. 그해 가을, 말없이 이심전심으로 나누는 마음은 따뜻하되 이별해야 할 마음은 몹시 서러웠다. 눈물이 날 것 같아 자주 올려다본 하늘은 유난히 푸르렀지.

　막냇동생이 어느 날 눈 감고 두 손 내밀어 보라기에 시키는 대로 했다. 두 손에 얹혀지는 묵직한 쇼핑백. 눈을 뜨고 열어보니 책 네 권이 들어 있었다. 선물이 책이어서 좋았고 제목도 마음에 들어 깡충깡충 뛰며 웬 돈이 있어 샀느냐는 물음에 누나 책 사 줄려고 아르바이트를 했단다. 월급은 내게 맡기고 용돈만 받아쓰는 처지였기에 그 마음이 귀하게 느껴져 넉넉한 살림이 아니어도 마음은 부자였다. 가난이 가족들을 단결시켜주니 반드시 나쁜 것만은 아닌가보다.

파우더 룸의 물건들을 치우고 책장을 들여놓고 책을 꽂았다. 시어머님께서도 책 읽는 며느리가 예쁜지, 친척들이 오면 내 방에 데리고 오셔서 책장을 보이곤 하셨다.

결혼 후 생긴 책들도 책장 하나를 다 채웠다. 책 정리를 하며 대략 헤아려보니 약 400여 권이다. 그동안 내가 읽은 권수가 제법 많겠지만 앞으로도 읽기를 멈추지는 않을 것이다.

소파 깊숙이 허리를 접고 앉아 때로는 종일 책을 읽는다. 가끔 높아진 파란 하늘을 올려다보기도 하며 책을 읽노라면 주어진 시간과 건강, 적극적으로 밀어주는 남편이 고맙게 생각돼 쉽게 용서하는 마음이 되고 책에서 읽은 한 줄의 좋은 글귀가 마음을 유순하게 만든다.

특히 가을 날 읽는 ≪데미안≫은 마당을 괜히 서성이게 했다. 강한 햇살 한 줌, 바람 한 자락에도 영혼이 투명해지는 느낌에 모든 것이 이해되는 감상에 젖는다. 사람들은 때때로 나 같은 사람을 보면 신선놀음한다고 하지만 보기에 쉽다고 기호가 다 같지는 않을 것이다. 여건이 안 되어 책을 안 읽는 것이 아니므로.

나는 어려서부터 돌아다니는 것보다는 차분히 앉아서 하는 일을 잘 했던 것 같다. 독서, 뜨개질 등 환경이 나를 그렇게 만들었을까 생각해본 적도 있지만, 반드시 그런 것만도 아니다. 비슷한 환경에서 자란 언니는 상당히 동적이었고, 나와는 다른 취미를 가졌으니까.

지인들에게 줄 추석선물로 책을 골랐다. 내 작은 정성이 그들에게 기쁨이 되기를 바라면서.

코끼리의 쇠사슬

7월은 여름의 절정기다.

이육사는 그의 시에서 청포도 익어가는 고향의 칠월을 풍정이 느껴지게 노래했다. 하지만 '어린이대공원'의 7월은 성하답게 아침인데도 팥죽 같은 땀이 흐를 뿐 녹음에서조차 여름의 청량함을 느낄 수 없다.

우리부부가 대공원을 한 바퀴 도는 코스엔 코끼리들의 공연장을 지나게 된다.

더운 여름엔 야외로 내어놓고 풀을 먹이는데, 그 모습을 운동 나온 사람들이 지켜본다. 남편과 함께 나도 옆에서 코끼리를 관심 있게 보기도 하는데 다리 한쪽에 쇠사슬이 채워져 있다.

큰 덩치에 비해 턱없이 적어보이는 한 줌의 풀을 먹기 위해 소리 지르는 조련사에게 쇠사슬을 채우라는 듯 굵은 발목을 얌전히 들어준다.

　큰 덩치를 가진 코끼리를 제어하자면 쇠사슬이 필요하겠다는 생각을 하면서도 쇠사슬이 당겨지면 다시 제자리로 돌아가는 모습이 마음 아파 코끼리의 작은 눈을 한참 바라보았다. 그 눈에 슬픔이 어려보이는 건 내 마음이 안타까웠던 때문인지도 모를 일이다.

　지하철 승강장 벽에 걸려있던 '코끼리 길들이기'란 글이 생각나 인터넷사이트에서 코끼리의 쇠사슬에 관하여 검색해 보았다.

　코끼리는 한 번 지나간 길을 잊지 않을 만큼 기억력이 뛰어나다. 그런데 이 기억력이 오히려 코끼리의 감옥이 된다고 하니 아이러니한 사실이 아닐 수 없다.

　어린 코끼리를 정글 속으로 유인하여 우리에 가두고 발목에 쇠사슬을 채운다. 쇠사슬의 다른 한쪽은 커다란 나무에 채운다. 코끼리는 벗어나려고 몸부림치다가 자기 힘으로 벗어 날 수 없다는 것을 깨닫고 다리에 묶인 쇠사슬이 팽팽해지면 활동영역의 끝이라 체념하여 더 이상 힘을 쓰지 않는단다. 이런 경험이 있는 코끼리는 작은 말뚝에 가는 쇠사슬로 묶어놔도 된다고 한다.

　어찌 코끼리뿐이랴!

　대부분의 사람들은 자기 능력의 15~20%만 사용한다니 자기계발을 하려는 노력에 비해 너무 일찍 포기하는 것은 아닌지.

　나도 그런 경험이 있다. 초등학교 4학년 때의 담임선생님은 가정적으로 불우한 분이었다. 정서적으로 부침(浮沈)이 심했는데 음악시간에 나보고 노래를 하지 말라는 것이 아닌가. 수줍음 많고 얌전한 성격이었던 나는 그 후로 오랫동안 합창에서조차 소리를 제대로 내지 못했다. 음악시간은 내겐 고역이었다.

집에서도 부모님이 음악을 즐기지 않으셨으니 내가 노래를 못하는 것은 당연하게 여겼기에 극복할 생각조차 못했다. 지금은 노래를 곧잘 부른다고 지인들이 평한다. 절대 음감은 아니지만 늦게 접한 노래치고 들어줄만한 모양이다.

나도 길들여진 코끼리처럼 스스로 한계선을 그어놓고 그 잠재의식이 내 능력발휘를 방해했던 것은 아니었을까.

또 다른 미숙한 기억도 있다. 아주 오래 전 우리 집 마당에는 가을이면 소국이 많이 피었다. 꽃이 만개한 어느 날, 일곱 살된 친구아들이 우리 집 앞으로 지나가기에 흰 국화와 연보랏빛 국화를 꺾어 두 팔 가득 들려 보냈더니 친구가 꽃을 받고 기뻤던 마음을 두고두고 이야기했다. 그런데 다른 지인은 같은 국화를 받고는 사온 게 아니라 집에 있는 걸 꺾어왔다며 여러 사람 앞에서 웃었다. 나는 어찌나 부끄럽던지 선물은 돈 주고 사야 성의 있는 것이 아닌가 하는 잘못된 인식을 갖게 된 적도 있었다. 전자는 고마워했고 후자는 비웃었지만 내가 후자를 기억속에 오래 남겼던 건 분명 소심한 내 성격 탓이었다. 이렇듯 자신만의 틀에 갇힌 생각은 넓디넓은 세상의 좁은 한부분만 접촉하거나 움직이는 세상을 정지한 것으로 보게 되어 바른 판단을 방해한지도 모를 일이다.

그 후 나는 구슬을 하나하나 꿰어 도장집을 만들었다. 수작업이라 자부심을 갖고, 내 마음속에 소중하게 자리하고 있는 지인들에게 선물했다. 도장집을 받은 지인들은 시중에서 쉽게 구할 수 없는 귀한 거라며 몹시 좋아했다. 선물이란 이렇게 주고받는데 부담 없는 가격에 정성이 깃들면 금상첨화가 아닐까싶다. 잘못된 정보를 머릿속에 입력한 내 잘못이었지 남을 탓할 일은 아니었다.

코끼리 길들이기는 나에게 자유라는 화두를 준다. 한계라는 틀을 정해놓고 세상을 바라보며 이해할 때는 부자유스러웠다. 때로는 마음의 지옥에 있기도 했지만 이제는 무엇이 자유를 빼앗고, 때로는 주인이 되어 자유를 주는지 알게 되었다.

'칭찬은 고래도 춤추게 한다.'는 말이 있다. 넘치는 칭찬 속에 자라면 사람은 자만심에 빠지고, 칭찬이 너무 인색하면 사람을 의기소침하게 만든다.

수줍음 많던 내가 남들 앞에서 노래를 부르고, 많은 사람 앞에서 마이크를 잡고, 이렇게 글을 쓸 수 있게 된 것은 시기가 늦은 감은 있지만 그때그때 눈 밝은 멘토를 만난 행운의 결과라고 생각한다. 삶의 질을 높이고 고난을 이겨내는 용기를 갖게 하는데 인정받는다는 느낌만한 것이 또 있을까.

옛 중국 춘추전국시대 때 자기의 거문고소리를 알아주던 유일한 벗 종자기가 죽자 거문고 줄을 끊어버린 백아처럼, 내 능력을 발견하고 키워준 고마운 멘토를 실망시키지 않기 위해서라도 최선을 다하는 멘티이고 싶다.

스스로 한계에 가두었던 틀을 벗어남과 동시에 더 나아가 넓은 세상을 만날 수 있도록 정진에 정진을 거듭하리라.

출렁다리

올 장마는 폭우로 시작했다.

송추지역의 절에 간 나를 데리러온 남편이 그곳에서 멀지않은 마장호수 출렁다리에 가자고 한다. 비가 억수같이 쏟아지는 날, 그곳에 갈 일이 뭐가 있다고 남편은 좋은 기회라며 나를 데리러 온 것이다. 나는 별로 내키지 않았다. 몇 년 전 부부동반 모임에서 전라도 강천산을 갔을 때 그곳의 출렁다리를 건너본 경험이 있다. 작년에는 형부가 국내 최장이라며 파주 감악산 출렁다리를 우리 부부에게 보여주고 싶어하여 모시고 갔었다.

요즘 지방자치마다 현수교(懸垂橋)인 출렁다리를 만드는 곳이 많다. 어느 지방에서 만든 출렁다리가 국내 최장이라며 마치 경쟁이나 하듯 매스컴에 오르곤 한다.

지역경제를 활성화시키고자 관광객을 유치하기 위한 전략이 성공했던지, 어느 곳의 출렁다리를 보러 몇 만의 관광객이 다녀갔다는 뉴스를 보니 사람들의 관심을 끄는데 성공하기는 했나보다.

초여름 보훈단체에서 주관하는 전적지 순례를 다녀온 남편이 파주지역의 새로 개통한 출렁다리에 다녀왔다. 국내 최장이라며 '같이 갔더라면' 하고 아쉬워하는 소리를 나는 귀여겨듣지 않았다.

살아가는 일 자체가 어지러울 정도로 출렁거리고 가슴 떨리는 일이거늘 인공으로 만든 출렁다리를 건너며 스릴을 맛볼 게 무어람. 새로 생긴 다리가 국내 최장이라 조금 더 길면 어떻고 짧으면 뭐가 다를까. 더구나 억수같이 퍼붓는 빗속에 운전하기도 불편한데 구태여 그곳을 가자는 남편이 이해되지 않았지만 강경하게 싫다고는 못했다.

새로운 풍물을 내게 보여주고 싶어하는 남편의 마음을 알기에 비가 쏟아져 위험하니 다음으로 미루자고 우회적으로 말을 했다. 남편은 가고 싶지 않은 내 뜻을 알아들었으면서도 못 들은 척 하는 건지 여기까지 왔는데 그냥 갈 수 없다며 강행했다. 쏟아지는 비 덕분에 인파가 적어 정말 다행이었다.

남편이 처음 찾았을 때는 밀려드는 차량과 사람들로 몹시 혼잡했다고 한다. 관광버스에서 사람들만 내려주고 버스는 먼 곳으로 이동했다고 하는데 우리는 주차도 쉬웠고 거리도 비교적 한산했다. 하지만 비가 내리는데도 사람들은 여전히 오가기를 반복했다. 우리부부는 장우산 하나씩 펼쳐들고 출렁다리 입구에 섰다. 비바람이 몹시 거세다. 우비를 갖춰 입고 온 사람들은 선견지명이 있다고나 할까. 호수 가운데는 바람이 거세 보여 장우산을 활짝 펼칠 수가 없었다. 마치 낙하산인 양 바람을 맞아 날아갈 것 같은 두려움에 다리 중앙을 향해 발이 떨어지지 않았다.

또한 나를 믿을 수도 없었다. 펼친 우산이 낙하산처럼 바람을 탈 때 과연 나는 체념하고 우산 쥔 손을 펴고 우산을 놔버릴 수 있을까. 아니면 놓칠세라 우산을 더욱 꽉 쥘까. 비에 젖은 바닥도 미끄러웠다. 나는 남편에게 내 두려움을 얘기했다.

"바람 부는 날 횡단보도를 지날 때 바람에 모자가 차도로 날아가면 본능적으로 모자를 잡으려하기 때문에 몹시 위험하다. 그런 이유로 내가 모자에 턱 끈을 달아놓았다."

그리고 예전에 보았던 영화의 한 장면도 들려주었다. "대저택의 연못 옆에서 서너 살짜리 아이가 공을 가지고 놀고 있다. 공을 따라가며 까르륵거리던 아이가 공이 물로 떨어지면 공을 포기할까 아니면 공을 잡으러 뛸까요. 그래서 공이 위험하다. 우리도 목격하지 않느냐? 차도 옆으로 공을 가지고 놀며 걸어가던 학생이 공이 차도로 튀자 공을 잡으려 차도로 뛰었잖아요." 예로 들며 위험한 순간에 내가 우산을 포기할지 자신이 없다고 했다. 가진 걸 놓지 않으려는 욕망은 목숨까지 위험하게 하건만 놓아야 하는 순간의 판단을 제때 하고, 결단을 내릴 수 있는 사람이 과연 얼마나 될까. 주먹을 펴는 일은 참으로 어렵다.

그냥 돌아설 수는 없는 일일 터다. 우리는 물결이 이는 호수 주위를 걸었다. 낭만적이기는 했지만 피곤한 다리를 쉴 곳이 마땅치 않았다. 벤치 위에 해가림막을 해놓았건만 워낙 빗줄기가 거세어 떨어지는 낙숫물에 의자가 젖어 앉을 수 없었다.

걷다보니 또다시 출렁다리 입구, 이때쯤엔 빗줄기도 약해졌고 바람도 잦아졌다. 남편은 기회를 포기할 사람이 아니다. 나도 반쯤 펼친 우산을 꽉 쥔 남편의 팔에 매달리다시피 조심조심 다리를 건너갔다 되돌아왔다. 요즘 표현대로 심장이 쫄깃쫄깃했고 다리 위에서 호수를 바라보는 풍광을 누리지는 못했다.

마장호수 다리 길이는 220m, 수면 위 7m, 부침 많은 인생에 비하면 아무 일도 아니련만, 나는 그토록 두려웠다.

출렁이는 긴 인생길도 가는데 고작 220m라고 생각하며 사람들이 많이 찾는 것일까. 그렇다면 출렁다리 건너기를 예방접종이라 생각하고, 자신의 인생길을 향해 씩씩하게 걸어가기를 바라는 마음이다.

chapter 03

가을秋

자연 앞에 인간은 참으로 왜소하다.
그나마 위안이 되는 것은 자연과 사람이 함께할 때
건강한 삶을 이룬다는 사실을 깨닫고
공존할 방법을 연구하는 혜안이 있다는 것이다.
그리고 난관 앞에서도 좌절하지 않고
일어서려는 의지가 있음이다.
부디 해바라기가 방사능물질을 줄여서
꽃말처럼 '동경과 숭배의 대상'이 되기를
희망할 뿐이다.
- 본문 중에서

등불

오랜 세월 전 친정어머니 생존 시의 어느 날이다.

나는 지인 부부와 산에 갔었다. 그즈음 엄마는 혼기가 찬 나를 시집보내려했고 나는 공부가 하고 싶었다. 의견 차이로 답답하던 차에 산에 가자는 지인의 의견에 선뜻 따라나섰다.

집에 오니 엄마 행동이 이상했다. 횡설수설하는 엄마를 보며 영양이 부실해서인가 생각되어 영양제를 투여해 주려고 병원으로 향했다. 큰동생이 엄마를 업고 택시를 타기 위해 집 앞 큰길가로 나섰다. 그 모습을 본 엄마 친구가 '아들 등에 업히고 싶어 그런다' 며 웃었고, 누구도 그 상황을 대수롭지 않게 여겼다.

성모병원 응급실에서 한참을 기다린 후 만난 의사는 큰 병원으로 모시고 가란다.

돈이 부족할 듯하여 아는 이에게 빌린 돈을 갖고 택시를 이용하여 종로에 있는 대학병원으로 갔다. 간호사들이 엄마를 자주 보고 가기는 했지만 그곳에서도 시간이 많이 지나서야 담당의를 만났다.

"뇌출혈인데 수술조차 할 수 없으니 임종은 집에서 하는 게 낫겠다."라며 모시고 가라는 나직나직한 의사의 목소리가 내겐 굉음으로 들렸다.

병원 옆 나무가 우거진 어두운 숲이 있기에 무서운 줄도 모르고 그곳에서 한참을 울었다.

통행금지가 있던 시절, 자정은 된 듯한 시간에 병원 차 기사가 왔다. 목적지를 묻더니 시계(市界)를 벗어나 갈 수 없으니 파출소에 가서 통행증을 받아오란다. 사정 이야기를 들은 파출소 당직이 전화를 하는데 서로 관할이 아니라고 미루는 눈치였다.

우리 집은 1980년 4월 1일 양주군에서 의정부시로 편입된 지 한 달이 조금 지났을 때로 서울시와 경기도 경계에 검문소가 있었다. 당직 경찰은 그냥 가다가 검문소에서 제지하면 자기한테 연락하라며 전화번호를 적어서 건네준다.

퇴원수속하는데 병원비가 부족했다. 담당 수간호사에게 돈이 부족하다고 하자 서류에서 공제할 수 있는 부분을 체크해줬다.

그뿐만이 아니다. 찜찜해하는 기사에게 가시는 곳이 얼마나 먼 거리인지는 모르지만 가시는 곳까지 편히 모시겠다며 수련의와 함께 차에 올랐다. 나는 그들의 가슴에 달린 명찰에서 이름을 머리에 새겨두었다. 경황 중이었지만 지닐총이 있는 내게 그 이름은 오랫동안 기억되었다.

의식 없는 엄마와 둘이 돌아왔다면 얼마나 무서웠을까.

시계를 통과해 시내를 거쳐 시 변두리까지 왔다. 선잠에서 깬 동생들과 엄마를 안방으로 모시고 난 간호사는 엄마 베개를 고쳐주었고 맥을 짚어본 의사와 떠났다.

20대 중반의 나와 중·고생 남동생 셋인 우리 가족 구성원과 생활형편을 짐작한 두 사람의 발길도 아마 무거웠으리라. 하지만 그들이 모르는 일이 있다. 그날 밤 그들이 베푼 자비심과 동행을 내가 살아가는 동안 얼마나 사무치게 고마워했는지를. 크고 따뜻한 손길이 시린 내 어깨를 포근히 감싸준 듯했고 어둠을 밝혀준 등불처럼 내 삶을 지배했다는 사실을. 그들이 나와 엄마에게 베푼 일이 어떻게 가능했는지는 모르겠다. 또한 그런 일을 보거나 듣지도 못했다.

긴 하루를 보내고, 발병 사흘 만에 엄마는 신산했던 삶을 마감했다. 아버지와 합장하여 장례를 차르고 서점을 시작했지만, 넉넉지 못한 자본금으로 시작한 장사에 나는 몹시 고전했다. 하지만 세상은 살아볼 만한 가치가 있는 따스한 곳이라는 희망을 품을 때마다 그들이 보여준 자비심이 희망 속에서 빛났다.

그들을 찾아 고마움을 전하고 싶어 어려운 생활에서도 틈틈이 바스타월과 세숫비누를 사 모았다. 지금이야 흔하디흔한 물건이지만 그 당시 미군부대를 통해 흘러나온 외제 타월과 아이보리

세숫비누는 귀한 물건 중 하나였다.

고마운 마음만 간절할 뿐 행동으로 이어지지는 못해 그 비누를 내가 쓰고 다시 사기를 반복했다. 쉬 찾지 못한 그 마음 바탕에는 엄마를 보낼 당시의 슬픔을 마주할 용기가 없었기 때문인지도 모른다.

시간이 많이 흐른 후 서울대학병원 소아병동에 문병갈 일이 있어 직원에게 운을 떼니 오래 전 일이라 그렇게 해서는 찾기가 어렵단다. 그렇게 따스한 마음을 가진 이라면 어디에 있든 슈바이처와 나이팅게일 후예로서 인류애를 지닌 훌륭한 삶을 살고 있으리라 나는 믿는다.

내가 그렇게 서러운 울음을 울었던 숲 자리에는 소아병동이 들어서 있었다.

'은혜는 돌에 새기고 원수는 물에 새기라'던 어머니.'

나는 내 총기를 믿었기에 따로 이름을 필기하지 않고 가슴에 새겼다. 수련의는 허O 외자 이름이었던 것 같고, 수간호사는 정 OO였던가?

돌에 새겼던 은혜도 세월의 더께에 흐려졌는지 각자(刻字)되었던 이름도 이제는 아슴푸레하다. 너무 오랜 세월이 흐른 것 같다. 하지만 내 마음이 간절한 만큼 기적처럼 만나고 싶다. 그리하여 "살아가면서 당신은 내 마음의 등불이었다."고 꼭 고백하고 싶다.

해바라기

잠실지하도를 걷는데 통로 한쪽에 이젤을 펴놓고 유화를 그리는 화가가 눈에 띈다.

나는 걸음을 멈추고 지켜보다가 2호 정도 되는 그림 두 점을 샀다. 그림 보는 안목이 어두운 나는 이해하기 어려운 추상화보다 내 눈에 익숙한 풍경인 해바라기와 장미에 손이 갔다. 해바라기가 만개한 그림의 노란색이 따뜻해 보이고, 배경 멀리 초가집과 몇 그루의 나무가 평화롭다. 나는 그림을 안방 벽에 걸었다.

어렸을 적엔 노란색이 내게 잘 어울리는 색상이 아니었기 때문에 그다지 좋아하지 않았다. 노란색 옷이라면 어머니가 화로에 인두를 꽂아가며 설빔으로 밤새워 지어주신 노랑 저고리의 기억뿐이다.

이웃집 담장 가에 쟁반 만하게 핀 노란해바라기는 무척 매혹적이었다. 꽃잎 가운데 초콜릿 빛 씨앗은 먹을거리가 넉넉하지 않던 시절, 씨앗으로 군것질 할 수 있어 탐이 났다. 예전에는 집주변 공터가 있으면 먹거리가 될 만한 작물을 하나라도 더 심지, 관상용 해바라기로 마음의 허기를 달랬던 시절은 아니었을 게다. 어쩌다 해바라기의 쪼갠 씨앗을 들고 있는 아이 옆에는 친구들이 모였던 풍경이 지금도 눈에 선하다.

동경·숭배·애절한 그리움 등 꽃말조차 여린 마음을 흔들었다.

요즈음엔 태백의 백만 송이 해바라기 꽃이 관광수입을 올린다고 한다. 곡물을 심어 식량을 증산해야 될 너른 벌판에 관상용 해바라기를 심는다는 건 배곯던 시절의 어른들은 상상조차 못했던 일이다. 식량이 해결되니 문화가 따르고 여가를 즐기게 되니 격세지감이 아닐 수 없다.

'해바라기' 하면 생각나는 것은 이탈리아 영화 ≪해바라기≫와 빈센트 반 고흐의 그림 해바라기가 떠오른다. 여주인공 소피아 로렌과 끝없이 펼쳐지는 노란 꽃이 인상 깊었다.

소피아 로렌은 2차 대전에 징집된 남편을 찾아 러시아로 간다. 화면 가득 흐르는 해바라기 꽃은 이 영화의 압권이다. 병사들은 무엇을 숭배하여, 가족에 대한 애절한 기다림을 안은 채 해바라기 꽃 밑에 묻혀 있는가. 해바라기가 피어있는 장소는 이탈리아의 많은 병사들이 전사해 묻힌 곳이다. 애써 찾은 남편은 기억을 상실하여 생명의 은인인 다른 여인의 남편으로 살고 있는 슬픈 줄거리였다.

해바라기는 '빈센트 반 고흐'를 해바라기 화가로 불리게 해줬다. 고흐의 해바라기는 강렬한 색감과 역동하는 생명력이 느껴진다. 광인의 산발한 머리를 보듯 꽃잎은 출렁이고, 생과 사를 시사하듯 만개했거나 지는 꽃·열매·봉오리를 함께 그려 넣은 그림은 오싹할 정도로 메시지가 강하다. 고흐의 불안한 감정상태가 그대로 느껴진다.

고대 그리스인들은 담낭즙이 많은 사람은 성을 잘 낸다고 생각했다. 담낭즙과 비슷한 노란색은 시기·질투·원한·불의 등으로 생각했다지만, 동양에서의 노란색은 부와 권위의 상징이며 오방색에서는 중앙을 의미한다. 색이 상징하는 의미를 알아서인지 지금은 나도 노란색이 좋아졌다.

안방에 노란 해바라기꽃을 두면 재운이 따른다고 한다. 아마 노란색과 황금색의 유사성 때문일 것이다. 은연중 부를 바라는 마음이 유행하는 생활 풍수에 솔깃해진 것인가, 아니면 이제는 나이를 먹어 예전의 순수함은 잃어버린 것일까. 변화하는 세월의 힘이 무섭다.

내가 안방에 해바라기 그림을 건 이유도 어쩌면 그렇게 믿고 싶은 마음의 행동일 것이다.

동기상구(同氣相求)라 같은 기운은 서로 통하여 모이게 된다는 믿음이 생활풍수에서도 나타났으리라.

우스개에 금(金) 좋아하는 한국인에 김씨(金氏)가 많고, 갈색(褐色) 좋아하는 영국인에 브라운(brown), 붉은색 좋아하는 중국인에 주씨(朱氏)가 많다지만 이는 풍자일 뿐 누군들 황금을 싫어하겠는가. 정의가 있어 불로소득이나 떳떳치 못한 재물을 경계할 뿐이다.

한때 유행처럼 해바라기 조화는 많은 이들에게 사랑을 받았다. 꽃집마다 해바라기 조화가 없는 곳이 없을 정도였다. 따뜻한 느낌과 재화를 상징한다는 노란색의 이미지가 수요를 부추기는데 일조했을 것이라는 생각이 든다.

우리 집에도 햇빛이 없어 식물을 키울 수 없는 사각지대에 해바라기 조화가 세워져 있다. 검은 대리석 바닥 위에서 명도 높은 노란색 해바라기는 마치 하늘의 태양인 양 집안을 밝게 해주고 꽃을 바라보는 내 마음도 희망의 기쁨으로 가득찬다.

엄청난 해일로 제1원전 폭발사고의 직격탄을 맞은 일본 후쿠시마 현 곳곳에서는 5월 말부터 전에 없던 해바라기 밭이 생기고 있단다. 현의 한 사찰에서 주도한 해바라기 심기는 폐허의 도시에 희망의 싹을 틔우기 시작했다고 신문기사는 전한다.

아직 검증된 것은 아니지만 '해바라기가 방사능을 정화한다.'고 알려져 있기 때문이란다. 1986년 옛 소련 체르노빌 원전사고 때도 해바라기를 이용해 방사성물질을 줄였다는 사례도 있다니 일본의 해바라기도 방사성물질 제거에 성공하기를 바란다.

자연 앞에 인간은 참으로 왜소하다. 그나마 위안이 되는 것은 자연과 사람이 함께할 때 건강한 삶을 이룬다는 사실을 깨닫고 공존할 방법을 연구하는 혜안이 있다는 것이다. 그리고 난관 앞에서도 좌절하지 않고 일어서려는 의지가 있음이다.

부디 해바라기가 방사능물질을 줄여서 꽃말처럼 '동경과 숭배의 대상'이 되기를 희망할 뿐이다.

주먹다짐

시월 어느 날 우리부부는 주먹다짐을 하기 위하여 수락산으로 향했다.

'헌혈을 위한 주먹, 실천을 위한 다짐'

대한적십자사의 홍보 문구다. 적십자 혈액 봉사회는 동부, 남부 등 지역에 따라 지부가 나누어져 있다. 남편은 '중앙 RH(-)봉사회' 소속이고, 이 소속에서 주관한 모임에 RH(-) B형 회원인 남편과 동반했다. 특성상 서양인보다 동양인은 RH(-)형의 혈액형이 적어 유사시 제때 수혈받기 어려우므로 봉사단체를 만들어 서로 돕는다.

수락산역에서 주먹다짐할 일행을 만나 집행부가 나눠주는 떡 한 덩이와 물 한 병, 기념수건 한 장을 받고는 삼삼오오 짝을 이뤄 수락산에 올랐다.

쪽빛 하늘은 더할 나위 없이 쾌청했고 햇볕과 바람도 산을 오르기에 적당했다. 시퍼런 독기를 뺀 산야의 나무는 한결 순한 빛이 되어 있었다. 사람이나 자연이나 독기를 빼면 이렇듯 순하게 보이는 것을.

머지않아 잎은 나무와 이별을 하겠구나. 엽록색과 수분이 빠지자 모세혈관처럼 퍼진 나뭇잎 맥이 주먹 쥔 팔의 혈관처럼 잘 드러난다. 생명을 이어주는 우주의 신비가 나뭇잎에도 있다.

우리는 모두 관에 의지하여 살아간다. 어머니 뱃속에서 생명을 점지 받았을 때는 탯줄로 이어져 모체로부터 영양을 공급받았다. 뿐만 아니라 스스로 영양을 섭취할 때도 관을 통해 머리에서 발끝까지 퍼진 약 십만 km의 혈관을 통해 살아간다. 혈관을 통해 산소가 공급되지 않으면 괴사하고 만다.

우리 눈에 보이는 나뭇잎에도 울근불근 맥이 살아 있어 생명을 이어가다가 동면의 계절이 다가오면 나누어줄 양분을 더 이상 만들 수 없어 잎을 떨어뜨린다. 이별을 예감한 나뭇잎은 마지막을 단풍으로 아름답게 장식하고 떠난다. 마치 정상의 배우가 인기 절정일 때 은퇴하듯.

자연은 떠나갈 때를 정확히 안다. 그래서 더 비장하다.

사람의 욕심은 자리에 미련이 많다. 내가 설 자리가 아니면 미련 없이 낙향했던 선비들의 이름이 후세에까지 전해지는 것은 아무나 할 수 있는 행동이 아니기 때문일 것이다.

반면, 우리가 자연현상을 보고 배우는 면도 있지만 나무와 달리 사람만의 역할이 있다.

나눌 줄 아는 마음과 실천이다. 난향천리(蘭香千里), 인덕만리(人德萬里)라 하지 않던가! 난향보다 인덕이 더 널리 퍼진다니 사람이 아름다운 이유다.

피를 나눈 부모형제보다 가까운 사이가 어디 있으랴! 피는 생명과 동의어다.

비밀을 유지해야 할 모종의 거사를 치를 때면 피를 내어 나누어 마신다. 예전, 약이 없을 때 죽어가는 부모에게 단지하여 입속에 피를 넣어줌으로써 살리기도 하였다는 이야기도 간혹 들었다. 과학의 설명으로는 이해할 수 없지만 간절한 염원의 현상이 아니었을까.

그뿐이랴, 비장한 결의를 나타내고자 할 때도 어김없이 혈서로써 맹서한다. 안중근 의사가 항일 혈서를 쓰기 위해 단지한 손가락 사진은 오랜 시간이 지난 지금까지도 한국인의 가슴을 뭉클하게 한다.

의와 정을 소중한 가치로 여겼던 유비가 의형제의 도원결의를 맺을 때도 검은 소와 흰 말을 제물로 삼은 후 피를 섞어 나누어 마셨다.

혈액협회회원의 관계는 독특하다. 성이 다르고 사는 곳이나 하는 일, 연령은 다르지만 마치 한 가족처럼 다정하고 끈끈함은 생명으로 이어지는 소중한 피를 나누어 주는 사이기 때문이다.

처음 만나도 마치 오랜 친분이 있는 것처럼 느껴지는 것은 공여자가 비밀로 되어있어도 내 몸속에 네 피가, 혹은 네 몸속에 내 피가 흐르고 있을 수도 있는 이유에서다.

어느 회원은 헌혈을 위해 검사하다가 혈소판 수치가 정상보다 미달인 것이 발견되어 혈소판을 수여 받았단다. 사랑을 실천하다 찾은 생명이 마치 드라마의 한 장면 같다.

대한적십자사의 헌혈 캐릭터는 '나눔'이다. 혈액 속에서 산소를 나르는 적혈구는 '적이' 침투한 세균을 잡는 백혈구는 '백이' 지혈에 중요한 혈소판은 '솔이' 혈액의 액상 상태인 혈장은 '짱이'라 부른다.

우리는 단체사진 촬영을 위해 모였다. 찍히기 위한 포즈는 다르지만 하나같이 모두 주먹 쥔 손을 들어 흔든다.

헌혈을 위한 주먹! 실천을 위한 다짐!

하늘정원

우리 집 옥상에는 벽돌을 쌓아 만든 밭이 여섯 개 있다.

직사각형·타원형·부채꼴 등, 지난겨울 언저리쯤 가장 큰 부채꼴모양의 밭에 구덩이를 팠다. 넓적하고 푸른 잎으로 여름내 시원한 풍경을 주었던 칸나, 계절이 바뀌자 작은 바람에도 서걱거리는 마른 대와 잎을 잘라서 구덩이에 넣었다.

김장용의 마늘껍질과 여름철 입맛을 돋우던 상추 잎을 따먹고 남은 상추대 등, 흙이 길러 낸 화초와 채소를 다시 흙으로 돌려보냈다.

나는 빨리 썩히기 위하여 마른 잎에 물을 뿌리고 흙을 덮어 발로 꼭꼭 밟았다. 불룩하게 솟았던 흙은 묻었던 쓰레기가 분해되어 봄이 되면 푹 꺼진다. 또한 지렁이는 흙속에서 유능한 청소부 역할을 한다. 못 먹는 게 없어 면장갑도 먹고 분뇨 슬러지마저 냄새

없는 분변으로 만들어 질 좋은 거름으로 만들어놓는다.

봄이 되어 상추모종을 심기 위해 호미로 흙을 파헤쳤으나 호미 끝에 걸려나오는 마른 대궁, 흙은 밟아도 꺼지지 않았다.

지난겨울은 몹시 추웠고 100여 년만의 폭설이 내렸다.

봄마저 변덕스러워 삼월에 비가 장마처럼 내리는가 하면 사월 말에는 많은 눈이 내리기도 했다. 24절기 중에서 봄을 이르는 입춘이 올해는 없다. 입춘이었던 양력 2월 4일이 음력으로는 작년 12월 21일이다. 작년이 쌍춘년이었다면 올해는 절기의 입춘이 없다. 그래서인지 계절은 봄을 가리키건만 겨울은 자리를 떠나지 않고 완강하게 버텼다. 계절의 변화가 도심 속 내 작은 밭에서도 올해는 발효과정을 거부하였는가.

또한, 부족한 일조량과 낮은 기온은 과수나무에 냉해를 입혀 앞날을 걱정스럽게 한다. 우리가 자연에게 입힌 해악의 결과가 아닐까 생각해본다.

나는 비교적 키우기 쉬운 상추를 먼저 심었다. 고추와 가지 모종을 심기에는 이르기도 하고 상추는 벌레가 꼬이기 쉬운 작물과 구분하여 다른 위치의 밭에 심었다. 상추를 자르면 끈적끈적한 하얀 즙이 나온다. 이러한 종류에는 벌레가 꼬이지 않는다고 하는데 더덕에 진딧물이 있는 것을 보면 신빙성에 의심이 든다.

식탁에 올릴 상추를 뜯어낸다. 여러 번째의 수확이다. 겨우내 얼었던 땅속에서도 생명의 활동을 멈추지 않고 파랗게 밀어올린 부추도 자른다. 향기 좋은 참취 잎을 뜯고 쌈과 함께 먹을 더덕순을 자르자 향내가 코를 자극한다.

비름나물도 뜯었다. 두 포기 심은 고추는 가지가 벌어져 꽃봉오리가 맺혔고, 가지도 제법 실하다.

옥상 가를 따라 만든 직사각형 밭에는 전나무, 주목, 회양목이 있고 그 사이를 여러 해살이 초화류가 만개하여 향내를 풍기고 자주색 장미와 분홍빛 작약 자태가 아름답다.

비가 마른 흙을 적시고 난 후 나는 옥상 밭으로 올라갔다. 왕성한 번식력을 감당하기 어려운 비름을 제거하기 위해서다. 처음에 싹이 돋을 때는 좋았다. 떡잎을 면한 어린 상추 위로 흐르는 시간은 더디고, 비름 위로는 시간이 빠르게 흘러 드러난 검은 흙 위로 파랗게 덮어가는 비름모습이 보기에 썩 좋았다.

상추처럼 모종을 이식한 것도 아니고 씨앗을 뿌린 적도 없는데 지난겨울의 모진 추위 속에서도 죽지 않고 흙 위로 돋아난 새싹이 장하게 보여 반갑기조차 했다. 그 뿐이랴! 상추보다 빠르게 자란 통통한 순을 잘라내 살짝 데쳐 고추장에 무쳐 식탁에 올렸고, 빠른 성장에 자주 잘라낸 순을 지인들과 나누어 먹었다.

상추와 경쟁하듯 한동안 식탁을 풍성하게 하더니 장마기간으로 접어들자 상추와 비름이 식품으로서의 가치가 떨어졌다. 상추는 꽃대가 올라와 뽑아서 흙으로 돌려보냈다. 장마가 끝날 즈음 가을 상추를 먹기 위해 다시 모종을 심으면 거름이 되어 다음 상추를 실하게 키워낼 것이다.

빈 곳 없이 온 흙을 덮어버린 비름도 이제는 뽑기로 했다. 초·중복 지나면 여러해살이풀도 나이를 먹어 통통한 줄기는 앙상해지고 잎은 나물로서의 가치가 떨어지기에 나에게 소용없으므로 뽑기로 했다. 어느 것은 뿌리가 깊어 엉덩방아를 찧어야 시금치뿌리 닮은 붉은 뿌리를 뽑을 수 있다. 번식력은 무서울 정도지만 그렇다고 작물을 밀어내고 그 자리를 차지하진 않는다. 작물 역시 기르는 이의 보호 속에 자기의 기득권을 놓치고 자리를 내주지 않는다. 먼저 차지하는 뿌리가 기득권을 갖는다고 할까. 어찌 보면 땅 따먹기 하는 아이들 놀이가 연상되기도 하지만 필요이상으로 소유하지 않는다.

자연의 질서는 이렇듯 정연하건만 사람의 욕심이 자연을 거스른다. 비록 옥상의 작은 밭이지만 나는 그 흙을 대하며 생명을 보듬어 키워내는 모태를 연상한다. 그뿐이랴. 온갖 음식물찌꺼기를 묻으면 넉넉하게 품어 냄새조차 없는 비옥한 토질로 만든다.

'흙'을 사전에서는 '암석이 부스러져 가루가 된 것, 부드럽고 양분을 포함하여 초목을 기른다.'라고 되어 있다. 우리도 언젠가 흙이 되어 한 줌 보태게 될 것이고 수의에는 주머니가 없다. 그럼에도 인간의 욕심은 땅이라면 달라진다. 영토·재산·소유·투기 등 축축한 욕망이 음험하게 느껴진다. 아마도 그것은 산업화 과정에서 박토가 황금으로 변하는 과정과 땅 한 평에 가족의 목숨 줄이 걸렸던 배고픔의 서러움을 알기 때문이리라.

　'흙'이 되어 생명을 키워내기도 하고 '땅'이 되어 욕심을 부채질하기도 하지만 운영의 묘를 살린다면 너와 내가 함께 사는 자산이 될 것이라는 희망을 품는다.

한지

'나뭇잎 하나가 떨어짐을 보고 가을이 왔음을 안다'는 고사가 있다.

작은 현상 하나에서도 세상의 흐름을 알라는 옛 어른의 가르침 이다. 나는 가을이 왔음을 숙면 정도로 알게 된다.

열대야로 깊게 잠들 수 없던 여름밤들이, 어느 날부터 마치 고 단한 노동 뒤에 갖는 휴식처럼 편안한 잠자리가 되면 가을이 시작 되었음을 몸으로 느낀다. 하지만 가을이 깊어지면 바람에 흔들리 는 나뭇잎, 창가에 짧게 머물다 지나가는 햇살에서도 쓸쓸한 감정 이 묻어나기도 한다.

달콤함과 쓸쓸함이 공존하는 가을이 우리네 삶을 닮은 것 같아 가을이 오면 인생을 한결 웅숭깊은 마음으로 대하게 된다.

가을의 쓸쓸함을 벗어날 방법을 생각하다가 인사동 찻집에서 느꼈던 한지로 만든 등의 포근하고 따스한 느낌이 떠올랐다.

나는 단순했던 등 모양을 모방하여 만들어 보기로 했다. 마침 철사로 만든 팔각형 폐품이 집에 있어 철사의 골격 아랫부분을 자르고 한지와 노끈을 준비했다. 소켓 달린 전선줄을 틀에 넣어 위로 모은 한지와 함께 연둣빛 노끈으로 묶었다. 꼬인 노끈 중간 중간을 펴주니, 펴진 종이가 늘어진 덩굴에 달린 잎사귀처럼 보인다. 거실 구석진 천장에 달고 불을 켜니 아늑하게 느껴지는 분위기가 운치 있다.

내처 안방에도 한지 등을 달았다. 가을을 붙잡아 두기 위해, 눌려 말린 천일홍 꽃을 한지 위에 붙이고 백열전구를 끼우니 붉은 빛이 따스한 분위기로 연출된다.

나의 유년시절 추석에는 창호 여닫이를 떼어내 문종이를 새로 바르는 일부터 시작되었다.

지난해 발랐던 문종이 위에 물을 분무하면 종이가 쉽게 뜯어진다. 문살 위에 재단한 문종이를 바르고 손잡이 부분에는 마당의 국화잎이나 코스모스 꽃을 모양 있게 붙여 그 위에 종이를 겹쳐 바르면 운치 있고 깨끗한 문으로 바뀐다. 종이가 마를 즈음 그 위로 입에 머금었던 물을 뿜어 햇볕에 말리면 종이가 팽팽해져 문을 여닫을 때마다 맑은 울림이 남는다.

한지는 바람을 막고 공기는 순환시킨다. 미세한 구멍이 수없이 많아 공기 정화뿐만 아니라 습도 조절기능까지 했다. 밝은 빛은 받아들이고 직사광선은 줄여 문에 바르면 질 좋은 창호지가 되고 벽지로 쓰면, 새집 증후군을 유발하는 시멘트 독성을 제거하는 효과가 확인되어 고급 아파트 벽지로 각광 받는단다. 요즘 과학이 만들어낸 스포츠 의류인 고어텍스원사 같은가보다. 어쩌면 한지에서 착안하여 고어텍스를 만든 것이 아닐까하는 생각마저 든다.

옛 어른들은 내방객이 있을 때 일일이 방문을 열어야 하는 불편을 방문 아래쪽에 손바닥만 한 유리를 붙임으로 문 여는 불편과 시선을 차단시켜 생활의 지혜를 더하였다.

그 당시 고만고만한 생활형편과 주거형태에서 어느 집이나 비슷한, 낯익은 모습이었다.

어머니가 돌아가시자 나 역시 추석이 가까워지면 여닫이문을 떼어내 담장 가에 늘어놓고 묵은 문종이를 떼어내고 새 종이를 붙였다. 거기에 손잡이 부분에만 꽃잎을 넣고 두 겹으로 바르던 것을 전체적으로 꽃을 붙이고 종이를 한 겹 더 바르면 튼튼하면서도 예쁜 문이 되었다. 마치 성당의 스테인드글라스를 보듯 아름다운 변화에 기분이 좋았다.

지금은 더 이상 볼 수 없는 풍경이다. 새로운 주거형태에 밀려 창호지는 유리로 대체되었다. 유리는 해마다 바꿔 붙이는 번거로움은 없다. 하지만 '창호지 한 장으로 막아 숨소리나 기침소리까지 들리던 소통의 문이 나무나 유리로 바뀌자 소통은 단절로 변했

다.'라는 신문의 칼럼은 창호지 문을 사용한 주택에서 자란 내게
는 수긍이 간다.

한지의 포근한 질감을 좋아하는 나는 기존 주택에서의 변화를
갖고 싶었지만 창에 문살이 없다.

겨울엔 차갑고 여름엔 뜨거운 유리 창문의 느낌을 변화시키는
방법으로 나는 이중창의 안쪽 문 유리에 한지를 붙였다. 커튼 없
이도 밖에서의 시선 차단과 안에서 불을 밝혔을 때 사생활보호가
이루어진 셈이다.

한(韓)지는 닥나무 껍질 등 섬유 원료를 사용, 한국고유 제조법
으로 만든다. 수제지인 중국의 화(華)지, 일본의 화(和)지와 구별
한 지칭이다. 옛날의 계림지, 삼한지, 조선지에서 시대의 변화에
따라 명칭이 한지로 바뀌었다고 한다.

닥종이로 대표되는 저지(저피, 창호지), 얇게 뜬 미농지, 저피에
이끼를 섞은 태지는 표구나 편지지 등에 쓰이고 저피에 짚이나
모조지를 첨가한 화선지는 서예나 화지로 쓰인다. 그 외에도 족보
·불경·고서의 영인에 쓰이는 복사지 등 다양한 종류가 있다.

옛날 섬유가 귀하던 시절, 수자리 살던 병졸들은 방한복 대용으
로 종이옷을 지어 입었을 만큼 방한 효과가 있고, 수제지는 기계
지보다 50배나 긴 생명력을 갖고 있다. 한지로 만든 공예는 오랜
세월 대물림 할 수 있어 '견(絹) 오백, 지(紙) 천년'이라고 한다.

임진왜란 후 기술자와 원료부족으로 한때 쇠퇴기를 맞았던 한

지가 문명을 만나, 한지에서 실을 뽑아 만든 친환경소재의 의류와 생활용품으로 활용된다고 한다.

자동차 도정공장이나 화학공장에서 나올 수 있는 발암물질을 흡수 제거하는 산업용 '한지필터'를 만드는데 성공한 회사도 있다니 한지의 우수성이 실생활에서 누구나 활용할 수 있는 다양한 방법으로 개발되기를 바라는 마음이다.

상해·1
— 대륙의 변방

　재작년 가을, 상해에서 재직 중인 딸에게서 다녀가라는 연락을 받았다.

　국내에 있는 사위는 남편과 내 여권만 스마트폰으로 찍어 보내주면 수속을 맡겠다며 일은 덜어줬지만 딸에게 줄 밑반찬이라도 준비하려니 내 마음은 분주했다.

　딸이 평소 좋아하는 반찬 중, 알타리 김치를 담그고 해물 넣은 강된장과 깻잎 장아찌 등 저장할 수 있는 찬위주로 준비했다.

　'○○홀딩스상하이'는 한류외식사업을 위해 설립한 계열사다. 2015년 5월, 상해에 퓨전 한식 레스토랑 1호점을 론칭, 사장으로 근무하는데 개장 초 인터넷신문에 소개되기도 했다.

　김포공항에서 사위와 합류한 우리부부는 마중 나온 딸이 머무는 아파트에 들러 짐을 풀었다. 꺼내놓은 김치통에서 알타리 무를 꺼내 맨입에 먹으며 한국인 직원들을 불러 주말에 밥 한번 먹여야겠다며 "바로 이 맛이야!" 하는데 보는 내 마음은 짠하다. 국내에 있었다면 원할 때 언제라도 김치를 담궈주었을 텐데.

상해는 중국대륙 끝자락에 위치한 변두리 어촌이 외세에 의해 강제 개항했지만 지금은 부를 축적한 사람들이 많은 도시라 한다. 상해임시정부를 비롯하여 독립 운동가들의 활동지역이어서 우리에게도 역사가 깊은 곳이다. 비록 강제로 개항했다지만 그로 인해 빠르게 성장한 것 같다. 우리도 그때 대원군이 쇄국정책을 펴지 않고 세계문물을 받아들였다면 일제에 의한 침략을 막을 수 있었을까? 역사에 가정이 무슨 소용 있을까마는 망상에 젖어본다.

딸은 업무에 복귀, 우리 셋은 사위의 안내로 관광에 나섰다. 노천카페에서 맥주를 마시고 공예품거리를 구경했다. 시장을 통해 현지인의 문화를 이해하는 것도 재미있으리라. 어른 손바닥만 한 생강에 놀라고 커다란 생선, 저장한 생닭의 위생상태 등 식재료들이 보기 불편한데 과일가게 왕대추는 반갑다. 전에 맛있게 먹었던 기억 때문이다.

왕대추를 구입코자 앞의 고객 어깨너머로 보니 저울로 달아 판다. 나도 앞 손님만큼 돈을 내고 대추를 가리켜 샀다.

대추와 무화과는 샀는데 지금도 아쉬운 건 싱싱한 두리안을 못 먹은 것이다.

냄새가 강한 두리안은 호불호가 엇갈리는 과일로 우리나라에는 주로 냉동으로 수입된다. 얼마 전 슈퍼에서의 목격담이다. 두리안을 사갔던 노부인이 이곳에서 샀는데 상한 과일을 팔아 냄새가 난다며 교환을 요구하는 모습이었다. 그만큼 아직은 향이 익숙하지 않은 과일이지만 나는 처음부터 거부감이 없었다.

강한 냄새 때문에 현지 호텔에서도 금지하는 곳이 있다는 설이 있는데다 남편과 사위는 과일을 즐기지 않아 한 번에 먹기 큰 과일이라 포기했다. 한국에서라면 밀폐용기에 담았으련만 많이 아쉬웠다.

저녁에는 딸의 식당으로 갔다. 인테리어, 배치 등 모든 것을 딸이 기획했다는데 항아리는 정겨워 보이고 좌석은 널찍널찍하여 대화하는데 무리가 없는 분위기다. 좁은 식탁 배치와 복작거리는 국내 식당에 익숙한 내게 그 여유로움이 오히려 낯설다.

룸에서 식사하는 사이 시중드는 종업원에게 딸이 무어라 하자 도시락을 가져온다.

거기서 나온 것은 양념에 무친 닭발요리처럼 보이는데 새 종류라고 하는 것 같다. 조금 맛 본 남편의 표정에 우리 모두 웃었다.

그곳 사람들은 명절 대이동이 우리와는 비교가 안 되게 고되다고 한다. 교통이 안 좋은 그들은 오랜 시간이 걸려 고향에 가는데 어려운 이들이 많은 시골에서 자식을 취업시켜준 사장님께 드리는 마음의 선물이라고 했다.

그 정성이 갸륵해 겨우 맛보고 맛있다며 나누어 먹으라고 했단다. 표정관리가 얼마나 힘들었을까.

상다리만 빼고는 다 먹는다는 말이 있듯 식재료가 다양한 나라에서 상상이 안 가는 음식들을 맛봐야 했단다.

전공한 언어가 아니라 죽기 살기로 언어를 배우고 개척하여 사업을 일으킨 딸이 대견하고 흐뭇했다. 그리고 익숙하지 않은 식재료는 먹어보지도 않고 거부하는 내가 딸에 비해 어리광이 심하다는 생각도 든다.

한국말 할 줄 아는 가이드가 있는 여행사의 승합차에 오르니 우리 말고도 한국에서 관광 온 몇 팀이 더 있다.

동방명주는 상해 관광의 코스라 한다. 미디어 회사의 송신탑으로 그 당시 아시아에서 세 번째로 높다 했고 높이는 468m, 초고속 엘리베이터도 유명하다.

황푸강 주변은 주둔국들의 건물이 이국적으로 보였고 개항 당시의 역사전시관도 둘러보았다.

상해임시정부는 한국 관광객에겐 필수, 한 나라의 광복활동에 비해 규모는 작고 주변 환경은 열악해 보인다. 기울어진 내 나라와 민족이 너무 가여워 이곳에서 나라의 광복을 위해 모든 것을 바친 열사들에게 잠시 묵념의 예를 올린다. 그리고 보면 꿈을 꾸는데 환경은 필수여건이 아니라는 생각이 든다. 그리고 그 당시에는 그리 협소한 장소가 아니었을지도 모른다. 열악한 주변 모습과

달리 이제는 비싼 땅이 되어 개발되기를 간절히 바라는 주민에게
는 우리가 걸림돌이란다.

어느 단체에서 왔는지 초등학생으로 보이는 우리 어린이들의
재잘거림이 귀에 들어온다. 먼 길을 찾아온 후손의 방문으로 희생
하신 선조의 영혼에 조금이나마 위안이 됐으면 하는 바람이다.

예원에 입장하기 전 가이드는 점심은 자유식이라며 길게 줄선
만두집을 가리키며 유명한 식당이라고 한다. 긴 줄에 대한 거부감
과 중국 만두에 대한 기대가 없는지라 우리는 간단하게 식사하기
로 했다.

불행한 예감은 왜 빗나가지 않는지. 우리는 돈은 지불하고 배는
곯아야 했다. 좋은 식당을 선택하려는 노력조차 않고 포기, 쉽게
눈앞에 보이는 아무 식당을 선택한 결과를 톡톡히 치렀다.

상해 · 2
— 먹을거리

나는 식재료에 대한 편견이 있다.

'먹어 보지도 않고' 라고 지청구를 주는 이들도 있지만 어릴 때부터 비위가 약한 편이라 취향이 아니다 싶으면 안 먹게 된다.

대만 여행 때 향신료 때문에 고생을 좀 했다. 여행의 즐거움 중에는 그 여행지의 음식을 먹는 재미도 쏠쏠한데 배를 곯은 편이다. 일행 중 음식 안 가리고 잘 먹는 이를 보면 여행을 제대로 한다싶어 어찌나 부럽던지. 한번은 딤섬으로 유명한 식당에 갔다. 드디어 맛있는 음식으로 배를 불리겠다는 기대가 컸다. 속이 비치는 얇은 피에 앙증맞은 크기. 망설임 없이 입에 넣었는데 그 뒤부터는 그림에 떡에 불과했다. 그 일을 설명하며 마른 찬을 준비하려는 내게 현지식을 먹어야 된다며 남편이 극구 말렸다.

향신료의 기억을 떨칠 수 없었던 나는 장사진 이룬 만두집을 보면서 차라리 길 건너 보이는 파리바게트에서 빵을 사먹었으면 싶었다. 고심 끝에 닭튀김 한 접시를 골랐고 남편과 사위는 음식 접시 두 가지씩 선택하여 계산했다.

식탁에서 식사를 하는데 덥석 맛본 남편과 사위 표정이 재미있다. 조심스럽게 먹은 닭튀김 역시 곤혹스러워 우리는 서로의 표정을 훔쳐보며 낮게 낄낄거렸다.

주위를 둘러보니 중국인들은 식탁 가득 음식을 놓고 먹는다. '둘이 저 많은 걸 다!' 하고 놀랐지만 반도 안 먹고 일어선다.

그들은 푸짐하게 주문하는 게 예의라나. 옆 테이블의 서양인은 한 접시 가지고 둘이 나눠 먹는다. 민족성을 짐작할 수 있을 것 같다.

예원 앞은 상가가 번성하여 많은 인파로 발을 내딛기 어려울 정도인데 장원 문을 들어서자 분위기가 숲속에 들어선 듯 다르다. 예원은 효자가 부모를 기쁘게 하기 위해 20여 년간 지은 중국의 남방식 정원이다.

연못, 정자 누각이 있고 하나의 문을 지날 때마다 또 다른 세계로 들어선 듯 새롭다. 미로가 있는가 하면 기암괴석 위에 지은 누각이 눈길을 끈다. 담장 위의 용은 마치 살아 꿈틀거리는 것 같았다.

한국관광객을 전문으로 받는다는 식당에서는 김치가 식탁에 올랐지만 여행사하고 협업했을 식당이니 음식 내용이 무어 그리 충실할까. 우리랑 같이 앉은 팀들도 잘 못 먹는 눈치다. 우리나라 여행사들도 관광객 대하는 수준이 같으리라 생각하니 부끄러운 생각이 든다. 금액은 올리고 제대로 된 먹을거리를 제공했으면….

'금강산 구경도 식후경'이라는 속담이 있듯 쇼핑도 좋지만 여행의 즐거움 중 하나는 먹는 즐거움이 아닐까 싶다.

사위는 딸의 아파트로 보내고 우리는 야경을 즐기러 나섰다. 호텔이 루이비통 건물 근처라 그곳을 기준으로 우리부부가 관광 다니는데 어려움은 없었다. 남편은 편의점에서 신라면 구입으로 부족한 식사를 해결했다.

다음날 우리 둘만의 자유 시간을 얻어 호텔 창으로 보이던 공원을 찾았다. 제법 큰 그곳에서는 이젤을 펴놓고 그림을 그리는 이, 악기를 가지고 나와 연습을 하는 사람들도 있었다.

새장을 가지고 나와 내기를 하는 듯 보이기도 하고 빨간 단체복을 입은 부지기수의 사람들이 대열에 맞춰 체조하는 모습은 장관이었다.

싸늘한 아침 공기에 몸이 차가워진 우리는 떠오른 따뜻한 햇살에 몸을 녹이며 공놀이를 오랫동안 지켜보다 짐작으로 경기방식을 이야기하는데, 같이 하자는 제스처를 한다. 이국에서 그곳 주민들과의 즐거운 운동은 두고두고 좋은 이야깃거리가 되겠지만, 말도 통하지 않고 규칙도 잘 모르는데 어찌 함께하랴! 마음으로는 원했지만 우리는 웃으며 손사래를 쳤다.

어디나 사람 사는 모습은 다 비슷한 것 같다. 우리 부부는 그저 눈으로 보며 스치는, 단체관광에서는 느끼지 못할 여행의 묘미를 비로소 찾은 것 같아 좋았다. 쌀쌀한 아침공기를 녹여줄 보온병의 따뜻한 차와 가디건만 준비했다면 완벽한 시간이었으리라. 짐작 못한 아침 기온과 호텔로 금방 돌아 올 줄 알았는데 공원의 크기가 제법 컸다.

향신료가 불편해 상해에서의 마지막 식사를 햄버거로 간단하게 해결하고 싶다는 우리부부와 사위의 바람을 누르고, 딸은 데려간 식당에서 이것저것 여러 접시의 요리를 주문한다. 나는 속으로 '어쩌려고' 생각하며 그만하라고 만류했다.

기대를 접고 마지못해 한 수저 뜨는데 입맛에 맞기에 우리는 뒤질세라 열심히 먹었다. 우리의 먹는 기세에 음식을 더 주문하는 딸을 아무도 말리지 않았다.

"중국에 맛있는 음식이 얼마나 많은데…" 라는 딸의 말에 '그럼 먹어봐야 맛을 알지.'라고 생각했지만 그때뿐 식재료에 대한 내 취향이 쉽게 바뀌랴.

사회주의 국가여서 치안과 통행을 걱정했는데 관광하는데 불편함은 없었다.

교통은 황당할 때가 많다. 횡단보도를 건널 때 신호등을 믿지 말고 눈치껏 움직여야 한다. 보행자 신호일 때도 차들이 치고 들어오기도 한다. 예전의 우리나라 모습을 상기하면 된다.

토지는 정부가 관리하기 때문에 자유롭게 사고팔지는 못하고 빌려 쓰는 개념이란다. 개인소유를 인정하지 않고 통제하는 데서 우리는 사회주의 국가라고 느꼈다.

그들의 시스템에 익숙한 국민은 불편함을 모를까 싶지만 내게는 남의 나라 땅을 일부 빌려 쓰는 조차(租借)로 보였다.

어렵게 개척했는데 우리나라 사드 설치 문제로 사업하는데 애로가 크다니 안타깝다. 단단한 콩이나 팥을 무르게 하기 위해 가열만 하지 않고 잠시 휴지기(休止期)를 갖기도 하는 게 세상이치이거늘 만사가 전진만 할 수 있겠는가. 중국이 선진국이라 할 수는 없다 해도 대국다운 면모를 보였으면 하는 염원을 가져본다.

안수정등(岸樹井藤)

　　우리부부가 여주 천서리 막국수 집에 가기 위하여 집을 나선 것은 추석이 지나고였다.

　　면 종류를 좋아하는 내게 "천서리 막국수를 사 주마"라던 남편이 약속을 지키기 위해서다.

　　남편은 길잡이 역할을 아주 꼼꼼하게 잘 한다. 목적지를 정하면 인터넷 검색을 하여 대충 거리와 시간을 계산하고 주변에 볼만한 곳은 없는지 살펴서 두세 곳 정도는 돌아볼 수 있도록 해준다. 그날도 예외는 아니었다. 이포대교 건너고 천서리를 지나 파사성의 동쪽으로 들어서니 수호사가 우리를 반긴다. 참배 후 사찰에 주차한 뒤 멀지않은 곳에 있는 파사성을 찾아보기로 했다.

　　활동하기에 알맞은 날씨 덕에 도란도란 이야기하며 오르는 한적한 길에는 구절초가 햇볕을 향해 얼굴을 든 채 우리를 보고 미소 짓는 듯하다. 발밑에는 도토리가 여기저기 떨어져 있어 가을 정취를 느끼기에 모자람이 없는 정경이었다.

산을 오르는 저 만치에 뱀 한 마리가 길을 가로지른다. 동면에 들기 전 마지막 햇볕을 즐기러 나왔을까. 뱀이 무서운 나는 남편에게 이후로는 나와 절대로 떨어져 걷지 말라고 부탁했다.

우리가 선택한 노선은 마주치는 사람이 없을 정도로 한적했지만 자드락길을 정갈하게 빗질하고 곳곳에 이정표를 세워놓아 헤매지 않고 쉽게 오를 수 있었다.

파사성은 신라 파사왕 때 모(某) 여장군이 축성하였다는 전설도 있고, 삼국통일시 나·당 연합군의 대접전지이며 최후의 싸움터였던 매초성이라는 설도 있다. 1592년(선조 25) 승장 의엄이 둘레 1,100보의 고성을 수축했다는 기록이 ≪동국여지승람≫에 나타나 있다고 표지판에 적혀있다. 성내의 시설물은 2개의 성문과 배수구, 우물지 등이 있었는데 물은 매우 부족했다고 한다.

성벽에서 내려다보니 남한강의 물줄기가 보인다. 단종이 영월로 귀양 갈 때 광진나루에서 출발하여 이포나루에 내려 또 한 번 눈물을 흘렸다는데 흐르는 저 강은 기억하고 있을까.

북쪽으로는 양평 서쪽에는 여주, 이천, 남한강을 감시하는 요새였다고 한다.

성벽에 오르니 무성한 덩굴식물 사이로 세월에 씻긴 성곽이 햇볕에 하얗게 빛난다.

인간이 기중기가 되어 무거운 돌을 져 날라 쌓았을 성벽 위를 거닐다 성벽 아래를 내려다보니 덩굴식물과 풀에 가려 땅이 안 보인다. 끝이 제법 깊숙한가 보다.

허망한 세월의 흐름같이 하늘엔 구름이 무심하게 흘러간다.

우리는 준비해간 간식으로 약간의 휴식을 취하고 마애불이 있는 곳으로 발길을 돌렸다.

마애불은 암벽을 깎아 만든 수직면에 선각된, 높이 약 5.5m의 입상이다. 양식으로 보아 고려시대에 조성되었을 것으로 추정한다니 천년 세월을 이어온 불상치고는 보존상태가 비교적 양호하다. 내려오는 길에 커다란 돌무더기만 보아도 혹시 유적이 아닐까 되돌아보게 된다. 파사성과 천년의 세월을 지켜온 마애불이 있는 유적지에서는 노랗게 피어있는 가을 들꽃마저 심상히 보이지 않았다.

목적했던 대로 천서리 막국수를 먹은 후 이번에는 남문이 있는 파사성 오르는 길을 답사했다. 입구에 석재가공소가 있어 어수선하기는 했지만 주차장은 널찍했고 길도 오르기 좋았다. 산모퉁이에 이르자 성벽까지 갈 것 없이 그만 회향하자는 남편에게 모퉁이 끝까지 가보자고 하였다. 모퉁이 언덕에 오르자 길 가운데 밤송이가 수북하고 마치 우리를 위하여 밤알을 뿌려둔 듯한 광경에 유혹을 당한다. 우리는 그만 누가 먼저랄 것도 없이 발밑에 떨어진 밤알을 줍기 시작했다. 길을 벗어나 길옆 숲까지 밤을 따라 들어

갔다. 머리를 들 사이도 없이 손과 발이 척척 죽이 맞아 밤을 따라서 갔다. 밤을 집을 때는 몰랐는데 주워 올릴 때 따가워서 살펴보면 밤송이 사이에서 밤을 집을 때도 있고 가시달린 덩굴에 손을 넣었을 때도 있었다. 우스운 것은 밤은 보이는데 어찌 주변의 가시는 보이지 않았을까?

어깨에 메고 있던 가방에 밤이 가득차자 그제야 허리를 펴고 남편을 찾으니 남편 역시 밤을 따라 길 건너편 나와 멀리 떨어진 곳에 가있다.

나를 '한이슬'이라 불러주는 지인들이 있다. 식탐내지 않는 내게 이슬만 먹고 산다는 뜻이기도 하고 욕심이 없다는 뜻으로 그렇게 불렀다. 내가 미혼이었을 때 언니는 "욕심이 있나, 남을 의심할 줄 아나, 살려고 하는 건지 원!" 이라며 가슴아파 했다. 소식(小食)이기도 했지만 내가 먹는 양은 아주 적어 조금만 양이 많으면 냉장고에서 처지다 변질되어 버리기 일쑤였다. 밥알 하나라도 버리면 죄악이라는 생각에 내게 넘친다 싶으면 가져가라고 주는 음식과 물건들을 사양했다. 늦도록 혼자 있는 동생이 안쓰러운 언니는 무엇이든 주고 싶어 했으나 "좋으네!" 라는 한마디뿐 달라고 하지 않았다. 그악스럽게 거두어 먹일 가족이 없으니 욕심낼 일이 없었다. 언니 눈에는 생에 대한 애착이 없어 그러는 모습으로 비쳤던가 보다.

예전과 다르게 변한 내 모습에 남편과 마주보며 웃었다. 그 순간 알밤을 주워도 되는 건지 내 것이 아니란 생각은 해볼 겨를도 없이 손이 줍고 발이 따라 갔을 뿐이다.

손이 가시에 찔렸을 때에야 비로소 주변을 둘러보고 가시 사이로 손을 넣었음을 알았다.

'안수정등'과 무엇이 다르랴.

옛날 어느 나그네가 광야를 가다가 미친 코끼리를 만난다. 코끼리에 쫓기다 우물을 발견했는데 마침 우물가에 등 넝쿨이 있어 등 넝쿨을 잡고 그 속으로 뛰어들었다. 우물 밑에는 독룡이 있고 우물 벽에는 네 마리의 뱀이 혀를 널름거리며 잡고 있는 등 넝쿨은 흰쥐와 검은 쥐가 갉고 있다. 등나무 위에는 꿀 벌통이 있어 조금씩 떨어지는 꿀을 입 벌리고 받아먹는 달콤함에 취한다.

사찰 바깥벽에 그려져 있는 그림이다. 깨닫지 못한 중생이 생사라는 우물에 갇혔는데 밑에는 죽음(지옥)이 기다리고 있다. 흰쥐와 검은 쥐는 낮과 밤으로 우리의 생명이 나날이 줄어드는 것을 나타낸다. 꿀 벌통은 인간의 욕망이다. 재물, 수명, 식욕, 명예욕 등에 취해 살아가는 우리의 모습을 그린 것이다.

나 또한 가시에 찔리는지, 남편과 거리가 멀어졌는지 조금 전 뱀의 공포도 잊고 밤알 줍는데만 정신이 팔렸다. 다람쥐가 먹을 도토리를 사람들이 주워간다며 눈에 보이는 대로 집어 풀숲으로 던져주던 내 모습은 어디로 갔는가.

신앙인이라고 절에 오가며 가족의 안위만을 원하는 기복신앙에 젖어있던 건 아닌가 하는 자각이 들었다. 언제 한번 고요히 앉아 내 내면을 들여다보는 시간이 있었던가. 마음은 오욕(財, 色, 食, 名, 睡)에 따라 희비가 엇갈리면서 불상에 절하는 것으로 신앙인이라 할 수는 없을 것이다. 내 손을 찔렀던 가시는 우물에서 벗어나 자유를 찾으라는 메시지인 양 느껴져 따가운 햇살을 피해 산그늘을 밟으며 내려오는 발걸음에 힘이 들어갔다.

내 가방 속의 밤과 남편 주머니 속의 밤을 간식 담았던 소쿠리에 쏟았다. 제법 양이 많다.

순간 기쁨에 겨워 나온 한마디. "우리 내년 이맘때 이곳에 또 와요!"

홍시

매년 이맘때면 빨갛게 익은 연시가 지천이다. 마켓이나 시장, 이동식 마켓인 트럭에서도 홍시는 가을의 대표 과일 중 하나다.

상점에 진열된 홍시가 보이면 나는 유난히 감을 좋아하셨던 시어머님과 친정어머니가 생각난다.

어머님은 과채류를 즐기지 않아, 과일을 유난히 잘 먹는 나를 보고 신기해하셨다. 하지만 홍시는 매우 좋아하시어 마켓에 갈 때마다 몇 개씩 사다드리면 때로는 하룻밤에 모두 드신 적도 있다.

어느 해 가을 남편과 시장에 갔었다. 철 이른 홍시가 보여 양손에 든 짐은 생각지 않고 감을 사려고 하자 짐이 많다며 남편이 만류했다. "돌아가신 후 홍시 볼 때마다 후회말고 사다드릴 수 있는 지금 삽시다."라고 하자 상점주인이 기특한 듯 쳐다보며 덕

담을 하니 그 시선이 부담스러웠다. 소중한 사람을 잃어버려 본 적 있는 이들은 안다. 되돌릴 수 없는 그 일이 얼마나 마음 아프고, 아쉬워해도 소용없는지. 일찍 어머니를 여의어, 잃고 나면 때늦은 후회가 부질없다는 생각을 남보다 조금 먼저 깨달았을 뿐인 것을. 그리고 보면 어려운 환경이 반드시 나쁜 것만은 아니라는 생각이 든다. 쇠가 담금질로 새로워지듯 사람은 고난이 철들게 하니 말이다.

백수의 왕인 사자나 독수리는 새끼에게 혹독한 훈련으로 약육강식의 자연계에서 살아가는 방법을 가르친다. 하지만 사람은 내 자식은 좋은 것을 주고, 편하게 해주려 앞장서서 어려운 일을 해결해 주려 한다. 그리고 그것이 부모마음이라는 공감대가 형성되어 안타깝게 느껴진다. 어찌 보면 자식에게 좋은 경험을 할 수 있는 기회를 빼앗는 것이 아닐까 하는 생각은 젖혀두고.

어머님은 곶감 역시 아주 좋아하셨다. 어머니의 유전자를 지닌 자손들 역시 과채류를 즐기지 않지만 홍시와 곶감은 좋아한다. 제사 후 철상을 하면 곶감 하나씩 손에 들고 일어난다.

어머님 제사가 가까워지면 나는 알 굵은 대봉시를 한 상자 미리 구입해 두는데 제사 끝내고 돌아가는 시형제들 손에 떡과 함께 몇 개씩 들려 보내기 위해서다.

감을 나누어 먹으며 어머님을 추억하라고 이 계절에 돌아가셨는가. 곧 어머님 8주기가 다가온다.

조(棗)·율(栗)·이(梨)·시(柿)의 차례에 맞춰 대봉시와 곶감을 한 제기에 담아 상에 올린다. 붉고 말랑말랑하게 익으면 연시 또는 홍시라 하고 덜 익은 감의 껍질을 벗겨 말리면 백시 즉 곶감이라 한다. 또 생긴 모양에 따라 대봉시, 반시라 부르니 감은 명태만큼이나 부르는 이름이 다양하며 제수에 빠지지 않을 정도로 오랜 세월 조상과 함께 해온 과일이다.

가을초입에 시동생이 땡감을 40개정도 보내왔기에 베란다 항아리에 넣어뒀다. 요즘은 떫은 감을 빨리 익히기 위해 소주를 바르거나 사과를 함께 넣어 놓는다지만 나는 기다림을 즐기려고 어머님 세대의 방식을 택했다.

잊어버릴 만큼의 시간이 흐른 후 항아리 뚜껑을 여니 고운 주황색으로 잘 익은 홍시가 보이기에 꺼내 먹으니 아주 달다. 나는 남편과 마주보며 어머님 흉내를 냈다.

"감이 달다. 아주 꿀탕이여!"

치과에서

치아에 염증이 생겨 치과에 다녀온 후 나는 양치질 방법에 문제가 있다는 것을 알았다.

치아치료는 경험이 없어 두렵고 더군다나 치과는 보험적용이 별로 되지 않는다는데 내 치아 손상이 심해 고비용이 드는 것은 아닌지 순서를 기다리는 동안 생각이 복잡했다. 몸 어느 곳이나 마찬가지지만 특히 치아는 예방이 중요하고 꾸준한 관리와 관심을 요한다. 나는 입을 벌리고 받아야 하는 치료에 대한 거부감과, 그간 통증이 없어 구태여 치과를 찾지 않았다.

요즘 젊은 엄마들은 자녀의 유치부터 관리하고 양치질을 가르친다.

내가 어릴 적 유치가 흔들리면 어른이 실을 묶어 내 관심을 잠시 다른 곳으로 돌리게 하고 순간적으로 잡아챘다. 뽑은 유치를 지붕에 던지며 '헌 이 줄게 새 이 다오'라며 영구치가 잘 나기를 바랐다. 그 시절에는 대개 그런 식으로 이갈이를 했기에 제때 제거 못한 유치 때문에 덧니가 생기는 경우도 많았다. 요즘의 부모들은 아이가 어릴 적부터 치아관리를 잘하기에 영구치가 비교적 고르고, 치아교정을 일찍부터 해준다.

나는 운이 좋아 충치나 잇몸 병 없이 지금껏 살아왔다.

병원에서의 진단은 치아 뿌리가 드러난 잇몸 사이로 균이 들어가 충치가 되었단다. 충치가 생긴 치아는 염증 치료 후 관을 씌우고 치아 뿌리가 보이는 곳은 충전 치료를 한단다.

웃을 때 드러나는 희고 가지런한 치아는 모든 여성의 소망이리라. 예부터 맑은 눈, 흰 피부, 흰 이를 삼백이라 하여 미인의 기준으로 삼고, 명모호치라 했다.

한때 치아 미백을 심각하게 고민했을 정도로 내 치아는 황색이다. 치아는 겉면을 둘러 싼 법랑질은 흰색이지만, 밑의 상아질은 약간 노란빛을 띤단다. 나이를 먹어 법랑질이 얇아져 상아질이 비치기도 하고, 음식물에 의해 착색이 되어 법랑질의 흰색이 변한 것이라지만 흰 이에 대한 소망을 접을 수 없었다. 나는 양치질할 때 위 아랫니를 붙이고 칫솔을 한 번에 위아래 지그재그로 한다. 치석이 생기는 걸 막고 하얀 치아를 부러워하는 마음이 은연중 칫솔에 힘을 주어 눌러 닦는다. 마치 힘주어 닦으면 하얘지기라도 하는 것처럼. 칫솔은 오래지 않아 마모되고 끝은 벌어진다.

구두를 보면 그 사람의 건강과 성격을 알 수 있다더니 닳아진 칫솔을 보면 내 성격이 보이는 듯하다. 어디 치아뿐일까. 힘주어 닦아야만 깨끗하게 닦인다고 생각되어 설거지 역시 수세미로 빡빡 힘주어 닦는다.

나는 치아치료를 하는 동안 양치하는 방법은 다시 배웠다.

치료를 받을 때면 긴장한 나의 두 손에는 힘이 잔뜩 들어간다. 순간순간 긴장을 풀어야지 하다가도 어느새 두 손과 몸에 힘이 들어가 있다. 경직과 이완을 반복할 때마다 그동안 누려온 건강이 고맙다.

치료의자에 앉아 마취나 충전물이 굳기를, 치료가 진행되는 기다림의 시간이 몹시 불안하다. 환자의 불안한 심리나 지루함을 배려하여 치료 의자마다 모니터가 설치되어 있다. 하지만 나는 창밖으로 보이는 낯익은 은행과 교회 건물이며 가로수로 마음에 위안을 삼았다. 그런 의미에서 새벽, 어린이대공원으로 운동하러 다니던 길에 위치한 의원을 선택한 건 참 잘한 일이다.

치과를 처음 찾았을 때 노르스름한 빛으로 물들어가던 아메리카 플라타너스가 요즘엔 마른 갈색 잎을 드문드문 달고 있다. 겨울 가뭄에 단풍이 제대로 들지 못하고 잎이 말랐나보다. 우듬지에는 바람 숭숭 통하는 새둥지가 보인다. 왜 하필 차소리로 종일 시끄럽고 매연이 심한 가로수에 집을 지었을까. 새 역시 스트레스가 심하면 새끼치기에 어려움이 많으리라는 생각에 나무 많아 공기 청정하고 조용한 길 건너 어린이대공원으로 옮겨주고 싶다.

새들도 영역싸움을 하고 주류에서 벗어나면 변방으로 몰리기도 하는 걸까. 치료 횟수와 함께 겨울이 깊어지자 플라타너스 잎이 떨어졌다. 올해 새로 제멋대로 자란 가지를 그대로 드러낸 나무는 볼품없다. 마치 들쭉날쭉 생긴 덧니처럼 위로 뻗고 아래로 향한 채 자란 가지는 눈에 거슬린다. 잎이 무성할 땐 그런대로 숨길 수 있었으련만 잎 떨어진 가지는 생긴 모습을 그대로 보여준다.

전지되어 잘 가꾼 도시 나무에 익숙한 눈은 자연스럽다는 느낌보다 고집으로 보인다. 사람이나 자연이나 거스르지 않을 때 거부감 없이 받아들여지는가!

치아치료가 끝날 즈음 가로수는 전지가 되었다. 내 마음에 근심을 주었던 우듬지 끝의 새둥지도 없어지고 멋대로 자라 볼품없던 나뭇가지도 잘려나갔다.

잇몸은 비교적 깨끗하나 6개월 마다 내원하여 치과관리를 받으라는 말과 함께 치료가 끝났다.

미와 기능을 모두 갖춘다면 더 바랄 것이 없겠지만, 내가 갖지 못한 것을 부러워하기보다 내가 지닌 것에 대해 만족하며 소중하게 생각해야 하는 것이 아닐까! 그동안 누려온 건강이 튼튼한 치아 덕이었다는 생각이 들어 황색이지만 내 치아에게 고마울 뿐이다.

창문

가을이 되자 노후된 집을 손보기로 했다.

칠이 벗겨진 곳과 오래되어 누렇게 된 벽지를 바르기로 계획을 세웠다. 거주를 하며 집안 손질할 엄두가 나지 않아 계절이 바뀌면 하리라 벼르기를 여러 번, 올가을은 넘기지 않기로 했다.

현재의 이 건물을 지을 때는 방문과 창틀을 모두 원목으로 맞추어 넣었다. 당시의 시류에 맞춘 것이지만 20년이 가까워지자 낡아가는 집과 함께 원목색깔도 생기를 잃어보인다.

창문틀에 몇 개 끼워 넣은 살을 손이 많이 가더라도 없애지 않고 칠하기로 했다. 창문을 떼어내 유리를 빼는 분, 방문 손잡이에 커버링 테이프를 감고 격자무늬 중문 유리에 마스킹 테이프를 붙이는 등 네 분은 역할에 따라 숙련된 손길이 분주하다.

나는 어릴 적 미술시간이면 풍경화를 곧잘 그렸다. 겹겹이 포개진 산을 농담(濃淡)으로 표현하고 마을의 집들은 기와 아니면 초가였는데 공통점은 창문이었다. 네모난 창틀 가운데를 열십자로 그렸다. 시골에서 흔하게 볼 수 있는 단순한 형태의 봉창이 그리기 쉬웠기 때문인 것 같다.

창문에도 문살의 모양에 따라 격자무늬 혹은 완자무늬니 하는 것을 알았고, 흔치는 않지만 반드시 네모 창만 있는 것이 아니라는 건 그 후에 알았다.

봉창에 바른 한지가 공기순환과 조명역할을 한다는 걸 알기 전에는 문을 열지 않고도 밖을 볼 수 있는 유리창문이 마음을 사로잡았다. 그 당시 빨간 벽돌집의 하얀 틀 유리창은 내가 미래에 거주하고 싶은 주택 모델이었다.

요즘은 건축물의 형태가 많이 바뀌었다. 아파트 역시 성냥갑모양에 천편일률적으로 설계되던 것은 옛날이다.

스카이라인에 따라 높이가 다르고 쓰리베이, 포베이니 하다가 나뭇잎처럼 설계된 아파트도 얼마 전 선보였단다. 주거공간은 직선이 많아 필요이상으로 낭비되는 부분이 많다지만 그 역시 설계로 보완될 날도 멀지 않은 것 같다. 창문에 있어 주를 이루던 네모 공식은 무너진 지 오래되었다.

형태야 어떻든 창문의 기능은 소통이다, 실내와 외부의 공기순환만이 아니라 사람과 사람 사이의 연결로 이어진다. 그래서 대화를 거부하면 마음에 문을 닫는다고도 한다.

요즈음 각박한 사회 탓인지 모르지만 창 열고 내 할 말만 하고 문 닫아 상대방의 말은 안 듣는 형국이라 마치 내외하는 이들의 대화를 보는 듯하여 답답하다.

어릴 때는 부모 모르게 하는 친구와의 수신통로는 단연 창이었다.

청춘 남녀의 수신통로 역시 창문이었고 엄한 어른들 몰래 창문에 돌을 던지면 문을 열고 그들만의 신호를 주고받았으며 외화에서도 창문 아래서 사랑의 노래를 부르면 감시하는 어른 몰래 창문을 여는 장면이 나오곤 했다.

창문에 로망을 갖고 있어 하얀 틀의 문을 갖고 싶었던 나는 카페의 예쁘고 넓은 창을 보면 왠지 좋았다. 넓은 유리의 밝은 창 옆에 앉으면 고단한 인생에 위로가 되고, 숨 가쁘게 달리는 인생길에 한 박자 쉬며 생각을 가다듬을 수 있는 여유가 있을 것 같아 보기에도 좋았다.

창문기능의 또 다른 면은 '본다'는 것이다. 눈은 마음에 창이라 역시 오감의 첫 번째로 시각을 꼽는다.

부처님의 초기 법문인 팔정도(八正道)의 첫째도 정견(正見)이다. 바르게 보아야 바르게 판단하고 바르게 행동할 수 있다는 뜻이리라.

원하는 문을 갖게 된 기쁨은 지금까지 나를 행복하게 한다. 천장의 틀과 문을 보는 것으로 기쁠 때가 있다. 아뿔싸! 그렇게 여러 번 덧칠을 했음에도 원래의 바탕색이 고개를 내민다. 특히 갈라진 부분의 어두운 곳은 흰색 사이로 눈에 띈다. 원목에는 바니쉬 칠 한두 번이면 족하지만 색상을 바꾸는 일은 몹시 힘들다고 했다.

마치 내 본성을 들킨 듯하여 부끄럽다.

내 성정이 봉숭아 씨앗을 닮았다고 경계하여준 어머니를 생각하며 즉각 반응하던 태도에서 3초만 더 생각하여 대응하자며 많은 노력을 했다. 어휘는 골라서 쓰는데 톡톡 튀는 어투가 뾰족하게 튀어나오는 내 성정을 보는 듯하여 마음이 불편하다.

성우 경허스님은 근세 한국불교의 선맥(禪脈)을 다시 일으켜 한국불교의 중흥조로 일컫지만 깨달음을 얻은 후에도 도를 이루기 전의 습을 버리지 못했다니 바탕의 중요성을 새삼 깨닫는다.

해가 들지 않아 화초를 기를 수 없는 현관은 평소 못마땅했던 부분이었다. 하얀색의 신발장과 함께 하얀 틀 격자무늬 중문이 있는 현관은 밝은 모습으로 변해 내가 좋아하는 장소로 바뀌었다. 내 성격의 모난 부분도 내 자신이 느끼고 고치려 노력한다면 사랑받는 모습으로 다시 태어나지 않을까 싶다.

chapter 04

겨울 冬

돌이켜보면 난관 앞에서 좌절하거나 피하지 않고
한 발 한 발 내디뎌온 내가 스스로 생각해도 대견하다.
그리고 그렇게 찾은 지금의 행복이 더없이 소중하다.
앞으로도 우리가 살아내야 할 세월이
좋은 일만 기다리리라고는 생각하지 않는다.
물이 흐르다 장애를 만나면 물길을 돌리는 것처럼,
때로는 피하기도 하고 장애를 넘기도 하면서
둘이 힘을 합쳐 극복해 나가리라 확신한다.
내 우주의 중심에는 남편이 있다.
-본문 중에서

아버지

김정현의 소설 ≪아버지≫를 읽었다.

주인공은 나이 50줄에 이르렀고, 직무에 충실했지만 아버지는 가족들과 유대관계가 적어 소외된다. 아니, 소외되었다고 생각한다.

그런 아버지에게 암이 생겨 시한부라는 선고를 의사로부터 듣는다면 어떨까?

나는 가슴이 먹먹해졌다.

주인공은 가족에게 고통을 주지 않으려 병든 사실을 비밀에 부친다. 가족과는 소통되지 않는 아버지식 사랑법이다.

언젠가 신문에서 읽은 '프로기즘'이란 말이 생각났다.

개구리들이 동면 시 한군데로 모여드는 자연현상을, 사람이 늙을수록 훈김이나 정이 그리워 어울리려는 원초적 본능에 비유하며 그 말을 '프로기즘'이라고 한단다.

우리의 전통마을마다 있었던 사랑방이 '프로기즘'의 한국적 존재방식이었다며 가족과 긴밀하게 접하고 살수록 건강하게 장수한다는 내용의 연구결과도 함께 실었다.

7, 8년 전인가 형부가 수술 받기 위해 병원에 입원을 했었다.

의정부에서 수술할 수도 있었는데 지인을 통해 신촌에 있는 종합병원으로 결정했을 때는 이유가 있었겠지만, 두려웠던 나는 병명을 묻지 못했고 언니도 구태여 알려주지 않았다.

언니는 점심만 해주는 간이식당을 운영하고 있었지만 오후 2시쯤 되면 포천에서 신촌까지 대중교통을 이용하여 하루도 거르지 않고 병원을 찾아 늦은 시간까지 형부와 함께했다.

퇴원 후에도 몸에 좋다는 식이요법에 정성을 쏟았고 형부 듣는 데서는 병에 관하여 화제에 올리는 것조차 금했다.

서로 등을 기대어 함께 이겨낸 병마, 이것도 '프로기즘'의 한 모습이 아닌가 생각한다. 형부의 60회 생일날, 형제들이 모여 축하연을 열었는데 꽃바구니가 도착했다.

당연히 형부생일을 축하하기 위해 누군가 보낸 꽃바구니라 여겼는데 모두의 예상이 빗나갔다. 형부가 언니에게 보낸 감사의 꽃바구니였다. 동봉한 편지를 형부가 읽을 때는 모두 감동의 눈물을 흘렸다.

만약, 형부가 가족을 생각하여 혼자 고통을 겪었으면 오늘의 건강을 누릴 수 있을까 생각하면 두려움마저 느껴진다.

시대가 바뀌면서 변한 아버지의 역할.

엄부(嚴父)에 자모(慈母)라는 전통이 퇴색한 지는 이미 오래 전이고, 직장에 헌신하다보니 가족과 자주 접하지 못해 미안한 아버지는 자부(慈父)에 엄모(嚴母)로 역할이 바뀌게 되었다.

나이 들어 소외되는 것은 이웃 나라 일본 역시 다르지 않아 젊은 아빠들을 상대로 7개 도시에서 육아시험을 치렀단다. 한 살 미만 유아에게 알맞지 않은 이유식, 어린이용 안전벨트는 몇 살까지 등 50문항이다. 노년에 가족에게 소외되지 않기 위하여 아빠가 알아야 할 상식과 유대강화를 꾀하고 있다. 또한 아빠가 놀아주면 아이의 정서가 안정되고 엄마도 흐뭇해져 두 배의 긍정적 효과가 있다고 한다.

아버지와 어머니.

자식을 사랑하는 마음이야 역할과 표현이 다를 뿐 같다고 생각되는데 아버지의 지위가 속절없이 무너져버려 소외를 걱정해야 하는 현실이 슬프다.

'가족과 함께한 즐거운 하루' 라는 주제로 '청소년 미술작품 공모전'에 접수된 4만여 점의 초등생 그림 중 아버지가 등장하는 그림은 4천 점이 채 되지 않더라는 신문기사는 아버지의 부재를 보여준 좋은 예라고 할 수 있다. 그나마 아버지가 등장한 그림에서도 아버지는 즐거운 하루와 거리가 먼 주제를 보였다. 주로 담배를 피우거나 텔레비전을 보는 모습이었단다. 그런 의미에서 일본에서 치러진 육아시험은 아버지를 육아에 참여시킨다는 점에서 시사하는 바가 크다고 생각된다.

소설 속의 아버지 역시 가족들과 고통을 나누었더라면 최선을 다했을 남은 가족들의 슬픔과 회한이 한결 덜했을 텐데.

아버지는 우리 형제가 어렸을 적에 돌아가셨다. 과묵한 아버지가 어린 마음에 어렵기만 했다. 가장으로서 삶의 무게가 어찌 다 같을까.

건강이 좋지 못했던 아버지는 가족을 유복하게 해주지 못했다. 부지런하다고 다 경제적 여유가 있는 게 아니었다. 어둠 속에 앉아 담배를 피우시던 아버지의 등을 본 적이 있다. 지금에야 그 어깨가 외로워 보였다고 느끼는 건 나도 가장으로서 세파를 헤쳐 온 시절이 있기 때문일 것이다.

매양 무섭기만 한 것은 아니어서 아버지 따라 친척집에 세배를 갔을 때 두루마기 속에 업혔던 추억, 잉걸불에 소금 뿌려 구워주신 항아리버섯의 짭조름한 국물 맛, 어머니 생일 전날이면 우리를 앉혀놓고 '내일이 무슨 날인 줄 아느냐?'고 해마다 물으셨지만 그때는 번번이 기억을 못했다.

내가 친구랑 들에 나갔다가 뱀한테 발등을 물렸을 때 아버지가 입으로 독을 빨아내셨지.

이제야 아버지의 따뜻했던 모습을 기억하는 것으로 용서를 구한다.

남편 또한, 아버님이 생전에 즐기시던 요리가 상위에 오르면 아버님을 생각하며 외로움을 이해 못한 지난날을 후회한다. 가정에 충실하셨던 아버님에 비해 어머님은 집 밖에서 즐거움을 찾으셨다. 그 당시 자식들이야 소외감을 느끼시는 아버님 속을 어찌 헤아렸으랴 싶다. 더구나 효자보다 악처가 낫다고 하지 않던가.

마치, 엇나가던 청개구리가 비가 오면 엄마의 무덤이 떠내려갈까 울었다는 동화처럼 세상의 자식은 부모님이 안 계시고 나이를 먹어야 부모님의 소중함을 깨닫는 늦깎이 철부지라는 생각이 든다.

작가 신경숙의 ≪종소리≫에서 정신과를 찾은 남편은 "나는 한 번도 내 나이를 살아본 적이 없어요. 스무 살적부터 과중한 책임과 의무를 맡기만 했을 뿐 누구에게도 도움을 받아본 적이 없습니다." 라고 절규하자 "누구에게나 어머니가 필요한 때가 있습니다. 어머니에게도 또 다른 어머니가 필요하죠."라며 아내에게 남편의 어머니가 되어줄 것을 권유하는 장면이 있다. 내 나이 어렸을 적, 아버지는 힘이 세니까 가족의 버팀목이 되어줄 거라는 환상을 갖고 있었다. 인생사의 간난과 변화를 어찌 짐작이나 했겠는가! 아버지도 때론 두렵고 책임에서 도망치고 싶을 때도 있으리라. 많은

이가 선망하는 위치에 있는 사람에게도 의지할 곳과 위로가 필요한 것을 그때는 몰랐다.

남편의 거친 손을 만져본다. 남편과 데이트하던 시절 그 거친 손에 시선을 준 적이 있다. 부끄러워하는 그와 달리 나는 믿음이 갔다. 저 손이라면 성실하겠다는 내 예상에 남편은 가장의 역할을 약속이나 한 듯 지킨다. 이 거친 손 덕분에 가족들이 안락했다 생각하니 한없이 고맙다. 어렸을 적 아버지에게 원했던 우산역할을 나는 남편에게서 채운다.

마당 깊은 집

내 명의로 되어 있던 친정집을 팔았다. 그 집에서 동생들이 태어났고, 아버지가 돌아가신 후 어린 5남매를 데리고 어머니의 신산한 삶이 이어졌던 곳이다. 때로는 지붕이 들썩일 정도로 웃음소리 드높았고, 사별로 가슴 도려내는 아픔을 여러 번 겪기도 했던 50여 년의 우리 가족사가 깃든 집이다. 사계의 풍광을 보며 사유와 내 정신을 살찌운 그곳에서 동생과 거주하다 내가 결혼함으로써 그 집을 떠났다. 홀로 살던 큰 남동생이 세상을 떠나자 관리가 어려워져 매각한 것이다

어릴 적에는 비포장 좁은 도로여서 눈치껏 건너다니던 길이 지금은 넓은 도로로 변했으며 도로 재포장을 반복하면서 집이 깊어졌다. 어머니가 사용했던 마당이 이면 도로가 되어 대문의 위치를

큰 도로 앞으로 바꾸면서 담을 쌓고 작은 정원을 동생들과 만들었다.

키 큰 단풍과 향나무는 벽 쪽으로 심었고 해를 넘기며 수종이 늘었다. 앵두, 목단, 철쭉, 영산홍 등 봄이면 분홍 철쭉과 목단의 화려한 자태가 눈길을 끌었다.

땅거미 내리는 저녁 무렵을 환히 밝혀주던 흰 철쭉은 내게 위안이기도 하고 서러움이었다. 바람에 나비처럼 흔들리는 하얀 꽃잎이 혼돈의 앞날을 밝게 비춰주기를 소망했고 너무 아름다운 그 모습이 닿지 않는 동경의 세계 같아 쓸쓸한 미소를 짓기도 했다. 그 무렵의 나는 선과 악에 대하여 깊은 생각에 잠기기 일쑤였다. 선한 끝은 있다던 어머니 말씀을 떠올리며 생각대로 되지 않는 현실에 힘들어했다. 겸손이 결여된 설익은 사유가 나를 힘들게 한 가장 큰 이유였겠지만.

여름이 되어 나뭇잎이 무성해지면 그늘에 앉아 책을 읽으며 커피를 마셨다. 중국의 어느 책에 '나뭇잎 하나가 떨어짐을 보고 가을이 왔음을 안다'라고 했다. 나도 진한 국화 향기와 바람에 구르는 쓸쓸한 낙엽소리에 닥쳐올 추운 겨울을 예감하며 내게 등을 맞대고 앉은 반려견을 꼭 끌어안았다. 변하지 않은 버거운 현실에 겨울이 두려웠을 게다.

지금 생각하니 해질녘의 사계를 즐겼던 것은 집의 방향 탓 아니었을까.

정원을 지나 대문보다 깊은 마당 한켠에는 어머니의 장독대가 있고, 그 옆이 우리의 출입구였으며 어머니가 절구에 고추를 빻던 마당이 지금은 담에 막혀있다.

길가에 위치한 우리 집 마당을 거쳐 그때는 개울가로 이웃 분들이 빨래를 하러 다녔다.

어머니가 가꾼 고추를 가을이면 그 마당에서 말렸는데 어린 눈에도 보석처럼 참 곱다고 생각했다. 수건으로 코와 입을 가린 어머니는 잘 마른 고추를 쇠절구에 넣고 쿵쿵 빻으셨는데 용도에 따라 고운 가루를 얻기 위해 체로 쳐가며 절구질을 하셨다.

"남들처럼 방앗간에 가서 빻아오지" 볼멘소리 하는 내게 "기계에 들어가 더운 바람 쐬면 맛이 없다."고 하셨다. 그런 날이면 어머니의 흰머리 위에는 빨간 가루가 덮였다.

이웃의 아주머니가 한 종지만 팔라고 그릇 들고 쫓아오는 걸 보고는 기계에 들어가면 안 되는 줄 알았다. 노동력을 들여 삯을 아끼려는 마음인 것을 그때는 왜 몰랐는지.

우리 집 음식이 맛있다는 얘기를 주위에서 종종 했다. 어머니가 기른 무에 직접 빻은 고춧가루로 무생채를 무친 양푼에 밥을 비비면 숟가락들이 양푼에 부지런히 들락거렸다. 평상 위에서 우리 남매가 먹노라면 빨래터 오가던 아주머니들이 부러운 듯 바라보았다.

정성으로 빻은 고춧가루로 어찌 가볍게 고추장을 담그셨으랴!

맛난 고추장은 우리의 좋은 반찬이었다. 그런데 어느 해인가 간장이 뒤집어진다며 어머니의 근심이 깊으셨다. 통북어를 넣으라는 등 친구 분의 권유를 따라해 봐도 상황이 변하지 않는 눈치다. 장독대를 지키는 일이 곧 가족의 건강을 지킨다는 믿음에 마음 상했으리라! 정화수(井華水) 떠놓고 가족의 안위를 빌던 세대 아니던가. 노심초사하던 그해 5월 어머니가 돌아가셨다. 나는 새로 시작한 서점일로 바쁘기도 했고 간장 때문에 어머니를 잃었다며 간장 항아리 근처에 얼씬도 안했다. 때 되면 뚜껑 여닫는 일 등 관리는 어머니 친구가 해주셨다.

'간장이 아주 맛있다'는 친구분 말씀에 보기 싫다고 했더니 "퍼 가도 되겠느냐?"고 한다. 지금이면 씨간장으로 썼을 귀한 간장을 나는 미련 없이 없앴다. 그 후 오랫동안 집 간장을 양념으로 쓰지 않았다.

모파상의 〈여자의 일생〉을 보면 남편의 끊임없는 외도와 고난을 겪으면서도 '삶이란 그다지 행복하지도 불행하지도 않다'란 독백이 나온다. 어머니의 삶은 어땠을까.

자식이 자라는 것을 보며 기쁨도 느꼈겠지만 고달픈 삶 아니었을까 싶다. 외아들로 위함을 받던 병약한 남편이 돌 지난 막내를 두고 세상을 떠났을 때 5남매를 떠안은 어머니의 심정은 얼마나 막막하였을까 어머니의 심정을 헤아리지도 못하고 작은 딸인 나는 독서의 편식(偏識)이 심했다.

'어머니'라 하면 맹모, 신사임당, 한석봉 모친 등 위인전 속의 어머니들처럼 살아야 된다고 생각했다. 더구나 소풍 따라온 어머니들이 한복치마 벗어 나무에 걸쳐놓고 술 마시며 춤추는 모습을 본 이후로 어린 자식을 둔 어머니는 음주가무를 몰라야 되는 줄 알았다. 물론 어머니가 할 줄 알거나 즐기셨던 건 아니지만, 우연이라도 그런 자리에 앉는 것조차 자녀 교육상 있을 수 없는 일이라고 나는 완강했다. 아버지가 안 계신데 어쩌면 버림받을까 하는 두려움에 어머니에게 '어머니'라는 위치를 끊임없이 상기시킨 것은 아닐는지.

그런 나였기에 내가 동생들의 어머니 역할을 하리라는 것을 어머니는 아셨던 것 같다. 운명 직전 내 이름을 부르며 눈물을 흘리셨다.

집 앞과 옆의 도로가 돋우어져 마당이 깊어진 집으로 변한 누옥이지만 그곳에서 보던 파란하늘과 50여 년 동안 웃고 울던 우리 가족사가 얽혀 있는 그 집을 나는 영원히 잊지 못할 것이다.

내가 찾은 행복

당나라의 위고가 달빛 아래서 책을 보고 있는 노인에게 물었다. "무슨 책입니까?" "이 책은 세상 남·녀의 결혼을 기록한 책이며 내가 붉은 실로 두 사람을 묶으면 결국에는 맺어진다네."

전설 속 월하노인이 위고에게 세 살짜리 여아가 배필이라 예언했듯 나 역시 아주 오랜 기다림 끝에 독신생활을 접고 남편을 만나 가정을 이룬 지 어느새 10년이 훌쩍 넘었다.

우리는 주례스님과 하객을 향해 '우리 둘의 다짐'을 맹서했다. 선 자리에서 언제나 최선을 다하겠노라는 선서의 여운이 사라지기도 전 낯선 환경에 쉽게 적응하지 못한 나는 결혼 초 울보였다.

설거지를 하면서 또는 양치질을 하다가, 수돗물 소리에 울음소리도 함께 흘러내렸다. 어둠 속에서 남편이 눈치챌까 소리 없이 눈물을 흘리고 있으면 어느새 남편손이 다가와 내 눈물을 닦아주었다. 나이 어린 신부도 아니건만 자주 우는 아내가 짜증났을 법도 한데 언제나 한결같이 "미안하다, 내가 잘해주마"라며 넓은 가슴으로 안아주었다.

장남에 두 남매의 아버지이고 조카마저 거두어야 하는 남편 입장을 받아들였는데도 불구하고 서러웠던 건 후처라는 현실이 스스로를 힘들게 했다.

나무도 옮겨 심으면 몸살을 앓듯 나도 그랬던 걸까? 중매 서준 친척언니 성화에 반발하는 심정으로 나간 맞선자리, 좋은 조건도 아니고 종교도 다른 사람을 받아들인 건 남편의 크고 거친 손 때문이었다.

참, 별 일도 다 있네! 부드러운 손을 선호하는 마음이 보편적일 텐데 하면서도 크고 거친 손을 보는 순간 나는 믿음이 갔다. 이런 손을 가진 사람이라면 정직하고 근면할 거라는 생각이 들었다. 지금까지도 내 믿음에는 변함이 없고, 남편은 내 믿음처럼 성실하다.

내 고운 얼굴에 흠집 난다고 손등으로 얼굴을 쓰다듬으면 거친 손과 달리 고운 마음이 느껴졌고, 꾀부리지 않고 열심히 일한 그 손이 오히려 자랑스럽기까지 하다.

시간이 흐르며 나의 마음은 안정을 찾았지만 남편 곁으로 다가가는 데는 그때까지 담금질이 필요했는지 어머님이 자리에 누우셨다. 어머님의 깊어진 병은 한편으로 우리를 힘들게 했어도, 어려운 상황은 오히려 단단히 결속시켜주는 계기가 되었으니 세상의 모든 일은 좋기만 하거나 나쁜 점만 있는 건 아닌가보다.

결혼 당시 어머님의 걷는 모습에서 건강이 좋지 못한 줄 짐작은 했다. 원기가 부족해서가 아니라 소뇌에 혹이 있어 중심을 못 잡는다는 원인을 알았을 땐 상황이 매우 나쁘게 변했다.

어머님의 대소변을 받아내며 간병하는 내 모습이 애처롭고 미안했던 남편은 잠시나마 맑은 공기 쐬라며 일요일이면 망설이는 나를 재촉하여 산책에 나서곤 했다.

자식 한번 품어보지 못한 내가 어머님 간병이 처음부터 쉬웠던 건 아니다. 주례스님께서 어머니를 화두로 삼으라 하셨고, 주지스님은 가족을 부처님으로 알고 섬기라 이르셨다.

남편은 종교가 다름에도 내가 절에 가야 할 날이면 서둘러 보내주었다. 부처님 앞에 서는 걸 단념해야 하는 게 아닌가 하던 내게 그건 신선하고 소중한 기쁨이었다.

쉽지 않았을 결정을 내려준 고마운 남편에게 나는 잘해야 한다는 결심을 하게 됐고, 그 결심은 남편 가족에게도 해당되었다. 그리고 어머님도 내게 몸을 맡기는 게 쉬운 일은 아니라는 느낌이 들었다. 부끄러워 두 눈을 꼭 감고 있는 어머님의 마른 몸을 닦노라면 나는 눈물이 났다.

'이 몸에도 한때는 살이 오르고 사랑의 기쁨으로 가슴 떨리던 날도 있었을 것이다. 자식을 낳고 기르면서 그 자식으로 인하여 웃는 날, 가슴 저미는 아픔으로 한숨 쉰 날들도 있었고, 내 남편

때문에도 그런 날들이 있었으리라.'

남편과 늦게 만난 탓에 내게 늙고 병든 모습만 보인 어머님도 젊었던 시절이 있었다는 사실을 그제야 깨닫게 됐다. 또한 후일의 내 모습도 지금의 어머님 모습과 다르지 않으리라는 자각을 얻자 비로소 망설임 없이 다가갈 수 있었다.

머릿속에서 10년을 자랐을 크기의 종양이지만 연로해서 통증이 없었을 거라는 의사의 선고를 슬퍼할 겨를도 없이 빠르게 진행되던 병증, 1년을 힘겹게 투병하시다 결국 아버님 곁으로 가셨다.

옛날과 달리 지금은 정서가 많이 달라졌지만 '한국에서 장남으로 산다는 게 어디 쉬운 일이던가'라는 생각에 권리는 없고 의무만 무거운 가여운 장남의 짐을 내가 나눠지고자 했다.

돌이켜보면 난관 앞에서 좌절하거나 피하지 않고 한 발 한 발 내디뎌온 내가 스스로 생각해도 대견하다. 그리고 그렇게 찾은 지금의 행복이 더없이 소중하다. 앞으로도 우리가 살아내야 할 세월이 좋은 일만 기다리리라고는 생각하지 않는다. 물이 흐르다 장애를 만나면 물길을 돌리는 것처럼, 때로는 피하기도 하고 장애를 넘기도 하면서 둘이 힘을 합쳐 극복해 나가리라 확신한다.

내 우주의 중심에는 남편이 있다.

해보기는 했나

남편의 권유로 컴퓨터를 배우러 다닌 지 수개월이 되었다.

사업상 필요할 일에 대비하여 남편이 내게 요청했을 때 '필요하면 본인이 배울 것이지!' 컴퓨터는 켜고 끌 줄 알며 메일이나 주고받을 수 있으면 됐지, 이 나이에 복잡하게 골머리 앓을 일 있느냐는 생각에 심기가 불편했다.

더구나 남편 사업에 조력하게 되면 구속이 되어 그나마 몇 가지 되는 취미생활마저 포기해야하는 게 아닌가 하는 염려도 되었다. 하지만 일언지하에 거절하는 건 인사가 아닌 것 같아 문화센터에 등록하고 수강하다보니 재미가 솔솔 붙는 게 아닌가.

처음에는 강사가 말하는 아이콘이나 도구가 어디 있는지 돋보기를 쓰고 위치를 찾아 헤맸는데 한 시간씩 받던 강의를 세 시간짜리로 늘려도 지루하지 않고, 기초가 부족하다고 여겨 재수강을 스스로 신청했다.

타자는 연습이 안 되어 아직도 독수리타법이지만 문서작성에 편집, 시간표, 순서지 만들기 등은 신기했고 호기심을 자극했다. 강의실에서 배운 공부가 집에서 그대로 복습 되는 건 아니어서 강사가 설명할 땐 따라했어도 혼자 해보려면 막막하다.

컴퓨터에 깔린 프로그램이 다르기도 하고, 제대로 숙지 못한 채 메모한 것은 내가 해놓고도 요령부득일 때가 많다.

'잘 안 된다고 미리 포기하지 마라. 컴퓨터를 2년은 해보아야 적성에 맞는지 알 수 있다.'는 강사의 말이 설득력 있게 들렸고 그 말을 전하자 남편은 실망하는 눈치다. 아마도 남편은 단기간에 습득하여 도움을 기대했던 모양이다.

파워포인트는 어릴 때 읽던 동화 속 마법의 세계가 이랬을까 싶게 내겐 신세계였다.

글자가 원하는 방향에서 날아오고, 만화 영화처럼 장면이 스스로 바뀌니 비록 강사가 시키는 대로 따라 하는 것일지라도 감탄이 터진다.

탭을 잘못 누르면 되돌리기를 눌러 고치고, 삭제할 것은 삭제하기도 한다. 우리 인생도 '잘못 살았다고 후회될 때 되돌려 고쳐 살 수 있으면 좋겠다.'는 말이 나도 모르게 입 밖으로 나오고 말았다.

순간이나마 완벽한 생을 생각하다니 어이가 없었다. 실수가 있기에 웃음이 있고, 때로는 새로운 방법이 발견되어 인류에게 유익함을 주기도 한다. 웃음 없는 삶이란 얼마나 메마를까. 하나의 탭이 그룹을 거느리듯 세상의 원리는 각기 다른 삶들이 모여 하나의 사회를 이룬다. 한번뿐인 인생에서 잘 살았다는 기준은 얼마큼 최선을 했느냐에 따라 결정된다는 생각이 들었다.

엑셀은 어렵기에 세 과목 중 끝으로 가르치는데 끝까지 남는 수강생이 적단다. 나는 수에 약하기도 하고 어차피 남편사업에 동참하더라도 크게 소용되는 부분이 아니어서 차라리 문서 작성이나 파워포인트의 비중을 늘려줬으면 하는 생각이 들었지만 기왕에 등록했으니 오기로라도 끝까지 남기로 했다.

하나의 칸을 셀이라 하고 숫자를 입력한 표의 가로·세로, 덧셈과 뺄셈·곱하기·나누기의 답을 구하려 일일이 입력하므로 누락되거나 잘못 입력하는 실수 없이 자동으로 채워주는 기능이 있다. 달력을 만들 때 첫 칸의 첫 요일을 입력하여 자동 채우기를 하면 월요일 화요일 등 자동으로 채워지며 1, 2, 3 날짜도 자동 기능을 이용하면 일일이 적지 않아도 된다.

부호를 이용하면 작은 수부터 큰 수를 순서대로 골라주는 오름차순·내림차순으로 걸러지며 그래프도 일일이 그릴 필요가 없다. 조금만 집중하면 오히려 나처럼 수에 약한 이들을 위해 개발한 프로그램이 아닌가 싶기도 하다.

물론 그런 기능을 가진 프로그램을 설치했을 때 가능하다.

나는 이번 일을 계기로 새로운 도전 앞에서, 두려움에 시도해보지도 않고 포기한 일들이 그동안 얼마나 많았을까 하는 생각을 해보았다. 나를 어여뻐해 주던 한 지인은 '살얼음을 딛듯 조심조심 삶을 엮어나간다.'고 내 모습을 평가했다. 하지만 가장이었던 내가 실수라도 하면 이어질 경제적 손실의 두려움에 새로운 도전은 겁부터 났다. 배움의 비용은 반드시 수입으로 이어져야 했고, 모험보다는 안전을 택하게 했으며 소극적인 성격이 되었다. '실수를 두려워하는 점이 가장 큰 실수'라는 말은 나를 두고 한 말이 아닐까 싶을 정도였다.

대기업 총수였던 J회장은 저돌적인 사람으로 알려졌다. 생전의 그는 자신의 사업계획에 무모하다고 만류하는 직원에게 "임자, 해봤어?"라는 말로 유명하다. 시대를 앞선 혜안과 용기가 대기업으로 성장하는 원동력이 되었으리라.

두려움을 극복하니 새로운 것이 보이는 것을, 최선이었다는 변명 아닌 변명을 하며 나는 해보지도 않고 포기를 너무 빨리 했던 게 아닐까 하는 후회가 든다.

세계는 정보통신기술이 발달하여 컴퓨터가 인간과 사물을 연결하는 창조도 가능하단다. 똑똑하고 영리한 스마트 기기를 사용하며 생활을 편리하게 누리려면 나이를 불문하고 배워야 한다. 지금 배우는 컴퓨터가 남편의 사업에 도움이 되는지는 두고 보아야겠지만 새로운 세계로 이끌어준 남편에게 이제는 감사한다.

돋보기

1년 전부터 다리미질을 하려면 돋보기안경은 필수가 되었다. 노안(老眼)이 오기 전에는 제법 좋은 시력을 자·타가 인정했지만 흐르는 시간에 변하지 않는 것이 어디 있으랴. 삼천갑자 동방삭이와 불로초를 구한 진시황도 세월을 이기지 못했거늘.

바지에 여러 줄이 생길까봐 이제는 안경을 챙기고 불도 환히 밝힌다.

30여 년 전 서점을 하고 있을 때였다. 동생과 동급생이던 학생이 주위에 많아 그 애들의 성화로 그곳 지명은 모르는 채 남·여 10여 명이 물놀이를 갔었다. 그때까지 야외 나들이가 별로 없던 나는 한탄강 줄기라고 하니 경기도 한수 이북이었던 것으로 추측할 뿐이었다.

푸른 물이 도도히 흐르고 물가의 모래밭이 꽤 넓어 우리는 그곳에 짐을 풀고 점심준비를 했다. 한쪽에서는 채소를, 나는 코펠에 쌀을 담아 씻다가 고개를 드니 제법 먼 상류 쪽에서 벌거숭이 몇 명이 몸을 씻고 있는 게 눈에 들어왔다. 지정학적 위치와 짧은 머리의 모양새가 군인이라는 짐작이 갔다. 얼굴 붉히며 비명 지르는 나와 달리 "어디어디…" 하며 여자애들은 안절부절 못하는 나를 놀리며 즐거워했다. 일행 중 나만 안경을 쓰지 않았는데 시선 둘 곳이 없어 참으로 난감했었다. 그들과 나 사이에는 툭 트인 공간에 걸림 없이 흐르는 풍부한 물줄기뿐이니 내가 얼마나 당황했겠는가.

그때는 황당했지만 그 풍경에 사람이 있어 지금까지도 기억에 남는가 보다. 단순히 아름다운 경치만 보았다면 이렇듯 기억에 선명하지 않았을 텐데 지금껏 재미있는 에피소드로 기억이 생생한 걸 보면 그 속에 사람이 함께했기 때문이라 생각한다.

생전의 어머니와 눈이 어두워진 지인들이 바느질을 하면 그 옆에서 바늘귀에 실 꿰는 건 내 몫이었다. 시중들다 귀찮으면 실패에 감긴 실에 바늘 여러 개를 죽 꿰어주고 쓰는 이가 적당한 길이의 실로 끊어 쓰도록 요령을 피우기도 했다.

어떤 사건이 일어나기 전 그와 유사한 작은 일들이 반복된다지만 눈이 보내는 신호를 나는 무시했다. 찬바람이 불면 눈물이 나거나 건조해지고, 조도가 바뀌면 적응하는데 약간의 시간을 필요로 했다. 당황하기보다는 황당해 하며 나는 나이가 들어도 시력이 좋을 거라 자신했던 근거 없는 자만심이 지금은 안타까울 뿐이다.

신문을 읽을 정도면 돋보기는 빨리 맞출 필요 없다는 어느 안과 의의 의견에 힘을 실어 불편한 대로 참았다.

제대로 못 보면 오해가 생길 수 있다는 약광의 일화를 신문에서 읽지 않았더라면 노안이 온 걸 인정 안하고, 돋보기는 아직 필요 없다며 쓸데없는 고집을 더 부렸을지도 모른다.

진나라 관리였던 약광의 친구 발길이 어느 날부터 뜸해졌다. 의아하게 여긴 약광이 이유를 묻자 "지난번 내 술잔에 뱀이 들어 있었다네. 자네가 무안해 할 것 같아 그냥 마시긴 했지만 그 후 몸이 좋지 않은 것 같네." 친구의 기괴한 말에 당황한 약광이 술을 마셨던 방에 가서 살피니 벽에 걸려있는 화살에 그려진 뱀이 술잔 에 비췄던 것이다. 약광이 친구에게 사실을 알려주자 다시 건강이 좋아지기 시작했다는 글에 내 어머니 말씀도 보태진다. "무서운 장면은 차라리 똑똑히 보는 게 낫지, 스치듯 보면 상상이 더해져 두려움이 커진다."라고 하셨다. 그렇듯 오감 중에 시각이 우선인 것은 바로 보아야 바른 판단을 할 수 있기 때문일 것이다. 속담에 도 '몸이 천 냥이면 눈은 구백 냥이라 하지 않던가!

돋보기를 통해 보는 연습을 하며 안경에 대하여 내가 얼마나 무지했는지 이번에 깨달았다. 처음 돋보기를 썼을 때는 큰 글자들이 시위하듯 달려드는 것 같았고, 머리를 들면 뿌연 사물이 빙빙 돌았다. 큰 글자가 원래의 모습인지 헷갈리며 진실이 무엇인지 어지러웠다. 지금도 독서할 때나 바느질 할 때는 유용한데 지면이 넓은 신문을 볼 때면 머리가 아프다. 돋보기의 원리에 아직도 적응을 못한 것일까.

가까이 또는 멀리 모든 사물에 두루두루 초점이 맞추어지던 지난날이 다시 올 수 없다니…. 너무 잘 보여 당황했던 시절도 있었는데.

돋보기를 통해 가까이 본 사물은 아주 선명하다. 피부의 흠결과 손톱주변의 불결한 모양이 도드라져 보기 불편하다. 그동안 내 결점을 책하기보다 남의 결점을 이와 같이 돋보기를 들이대고 보듯 들춰냈던 적은 없었을까. 그래서 상대방을 난처하게 한 적은 없었는지.

돋보기는 가까운 곳은 잘 보이고 먼 곳의 물체는 흔들려서, 넓게 볼 수 있었던 시야가 좁아졌다. 노안(老眼)에 슬퍼하기보다 성찰의 시기라는 생각을 해보지만 시야가 좁아진 반면 사고가 더 깊어졌다고는 자신할 수 없다. 내면을 살피고 주위의 필요 없는 곳은 기웃거리지 말라는 자연의 조화라고 깨닫기보다 불편하다는 생각이 먼저 든다.

남편은 나와 달리 먼 곳은 안 보이는 대신 안경을 벗으면 깨알 만한 글씨도 읽어준다. 류시화의 시 ≪외눈박이 물고기의 사랑≫

의 한 구절처럼.

"…두눈박이 물고기처럼 세상을 살기 위해/ 평생을 두 마리가 함께 붙어 다녔다는/ 외눈박이 물고기 비목처럼/사랑하고 싶다…."

우리 부부도 두눈박이처럼 살기 위해 사랑하며 함께 붙어 다녀야 하리라는 생각으로 그나마 위안을 갖는다.

남은 것 중에서 행복을 찾는 지혜는 늘었으니 참으로 다행이라는 생각을 해본다.

유기그릇, 세월을 담다

생일에 친구로부터 유기그릇 두 벌을 선물 받았다.

친구 S가 놋그릇을 사주마고 했을 때, 고졸한 멋스러움은 좋지만 번거로운 생각에 처음엔 손사래를 쳤다. 내가 다니던 사찰에서 촛대·향로 등 장식물을 닦아 광을 내본 경험이 떠올랐기 때문이다. 놋그릇은 손질이 번거로워 사찰에서도 이제는 거의 사용하지 않는다.

유행은 돌고 돈다더니 유기그릇에도 복고바람이 불었다. 건강에 이로운 그릇이라는 실험결과가 매스컴에 보도된 덕인지 사람들이 유기그릇에 관심을 갖기 시작했다.

나 역시 유기그릇의 예스러움을 좋아한다. 담긴 음식을 돋보이게 하는데 유기만한 그릇이 있을까. 요리와 조화를 이루는 그릇 모습이 보기에 참 좋다. 떡국이나 탕국 등 맑은 장국이 많은 한식 요리에 잘 어울리는 식기라 생각하지만 직접 사용할 때는 망설여졌다. 독한 광약으로 때를 닦은 후 광을 내던 사찰의 장식물들, 기왓장을 빻아 짚수세미로 닦던 제기가 떠오르며, 그런 기억에 사용이 불편하리라 생각되어서다.

유기그릇은 '놋쇠'로 만든 기물이다. 방짜 유기그릇은 구리와 주석을 78:22 비율로 녹여 만든 놋쇠덩어리를 불에 달구어가며 망치로 두드려 형태를 만들었다. 경기도 안성고을은 옛날부터 유기로 유명하다. 그것을 맞춤으로 할 경우 참으로 일품이었으므로 거기에 안성고을 이름을 붙인 데서 '안성맞춤'이라는 말이 생겼단다. 사전에는 '본디 제 짝이 아니었으나 제 짝처럼 잘 맞을 때 이 말을 사용한다.' 라고 되어있다. 유기그릇은 도자기, 옻칠한 그릇과 함께 우리 조상의 생활필수품이었다고 해도 좋으리라.

서민이라도 놋수저, 막사발 하나 없는 집은 없었을 것이다. 생활경험에서 얻은 지혜는 미나리와 놋수저를 물에 함께 담가두면 거머리가 물위에 떠오르고, 유기그릇에 음식을 담으면 식중독이 예방되는 것을 알았다. 또한 숨 쉬는 옹기에 장을 담가 발효시킨 후 보관하였고, 옻칠한 그릇에 음식을 담아 쉬 상하는 것을 막았다. 자연에 순응하며 생활 속에서 지혜를 얻어낸 조상의 슬기라 하지 않을 수 없다.

탄수화물을 주식으로 하던 예전의 식생활과 달리 요즘은 밥을 조금 먹기에 그릇 크기가 작다. 앙증맞다며 입가에 짓던 미소도 잠시, 유기점 벽에 걸린 놋 주걱을 보는 순간 어머니와 우리 어릴 적 생각에 가슴이 뭉클했다.

놋수저 쓰던 그 시절은 물자가 귀하여 우리나라에서도 혼·분식을 장려했다. 여름이면 밥솥에 찐 감자를 보리밥 위에 얹어주었으며, 감자는 집집마다 중요한 식량의 한 축이었다. 감자껍질을 벗기던 놋수저는 얼마나 많은 감자를 벗겼던지 달창이 수저가 되었고, 가마솥의 누룽지를 긁던 놋 주걱 역시 초생달을 닮았다. 심한 가사노동에 어머니의 손톱 역시 자랄 틈이 없었다.

물마를 날이 없던 어머니의 손과 함께했을 달창이 수저는 언제 버려져 잊혀졌을까! 알루미늄(양은) 그릇이 우리 생활을 잠식했을 때일까. 새 그릇을 닦으면 겉면의 피막이 벗겨져 닦을수록 뽀얀 은빛으로 반짝이던 알루미늄 그릇. 인체에 해로운 물질이 나온다며 그 후 스테인레스 그릇이 알루미늄 그릇 자리를 이어갔다. 힘 주어 닦지 않아도 뽀얗게 빛나는 스테인레스 그릇은, 한결 쉬워진 가사에 주부들 마음을 사로잡아 지인들끼리 그릇계를 하여 장만하기도 했다.

더구나 스테인레스는 인체에 무해하여 식기로도 적합한 재질이란다. 병원에서 사용하는 소독용기는 대개 스테인레스 재질이며 열탕 소독해 쓴다. 이렇게 어머니들이 새로운 문물에 빠져있을 때, 관리하기 힘든 사발이며 필요 없어진 놋수저가 밀려났을 것이다.

이제 세월이 흘러 그때의 아이가 자라 그 시절의 어머니 나이가 되었다. 지금의 평균적인 삶이 그때는 상상도 못할 만큼 풍요로워 졌다. 새롭게 개발한 취사도구와 연료는 주부들을 부엌에서 해방 시켰다.

나는 어머니가 돌아가시고 삶이 버거울 때 친구 S를 만났다. 친구 역시 남편이 운영하던 사업이 부도를 맞아 힘들어할 때였 다. 어려운 상황에서 만난지라 내속 짚어 네 속이라고 말을 안 해도 속사정을 짐작할 수 있는 사이였다. 그 와중에도 나는 터무 니없는 자존감으로 도움의 손길을 무척 부담스러워했고, 그나마 도움을 거부 않던 몇 안 되는 지인 중 하나가 그 친구였다.

'슬픔을 내 대신 지고 가는 이가 친구'라는 인디언 속담이 있다. 친구의 어려운 형편이 가슴 아팠지만 나는 무력했고, 내가 결혼함 으로써 바뀐 환경으로 한동안 소식조차 나누지 못했다.

몇 년 전 다시 친구의 연락을 받았을 때 적조했던 세월은 무너 지고 지난 시간은 현재의 연장선으로 이어졌다. 더구나 친구 남편 사업이 재기한 일은 무엇보다 기뻤다. 친구에게서 많은 도움을 받았으나 나는 도움이 되어주지 못한 무거운 짐을 비로소 내려놓 는 안도감에 얼마나 기쁘던지. 고마움은 가슴속에 깊이 새기리라.

유기는 현대적인 모습으로 바뀌어 뚜껑 있는 반찬그릇이 주를 이루던 전통에서 네모 혹은 원형의 접시가 크기별로 있고 긴 모양의 생선접시도 나왔다.

그릇을 사용하다 칙칙해지면 초록색 다목적 수세미에 세제를 묻혀 싹싹 닦으면 말간 빛으로 돌아온다. 열전도율이 높아 뜨거운 음식을 담으면 그릇이 금방 뜨거워지고, 온도를 오랫동안 보존하여 음식이 쉬 식지 않는다. 유기에 밥을 담아 식탁에 올릴 때마다 따뜻함을 오래 간직하는 것이 친구와 유기그릇이 닮았다는 생각마저 든다. 우리의 우정은 오래오래 따뜻하게 이어질 터, 노년이 다가와도 서로 마음을 덥혀주어 외롭지 않으리라 믿어 의심치 않는다.

김장

추위가 예년보다 일찍 시작되리라는 일기예보에 언니와 나는 김장을 서둘기로 했다. 언니네 김장 일정에 맞춰 우리 집도 같은 날로 정해야 편하게 담글 수 있다.

절인 배추와 양념류, 젓갈 등 김장에 필요한 주재료를 매년 언니에게서 가져다 집에서 버무리기 때문이다.

배추 파종기에는 폭우와 거센 바람의 재해로 되풀이하여 심었다고 한다. 그 무렵 우리 옥상 밭에도 가을 상추를 먹기 위해 종자를 뿌렸으나 어린 싹이 비에 씻겨 여러 번 다시 뿌렸다.

어려운 환경을 이겨낸 생장 덕인지 잘 자란 무는 단단하면서도 달고, 배추 역시 고소하며 단맛이 났다.

시어머님 생존 시에는 어머님과 김장을 담궜지만 지금은 남편의 도움을 많이 받는다.

딸이 결혼한 후 사위도 김장 행사에 동참하여 축제인 양 즐긴다. 배추 속 버무리는 일은 장인의 몫이었는데 이제는 힘 좋은 사위가 맡게 됐다. 나는 남편과 사위에게 파란색 비닐봉투로 앞치마를 만들어 입히고 빨간 고무장갑을 끼워주고 순서에 따라 양념을 넣어준다.

무채에 고춧가루로 물들인 후 숨죽이기 위해 젓갈을, 이어 홍시, 생강, 마늘, 갓과 파 등으로 버무린 후 배추에 속 넣는 일을 장인과 사위가 한다. 김치 담그는 동안 돼지고기 수육과 보쌈을 안주삼아 술잔을 기울이며 웃는 소리로 옥상이 왁자하다. 세상이 변했다는 생각이 든다.

어릴 적 이웃의 노부부에게 4남 1녀의 자녀가 있었다. 흩어져 살던 아들과 며느리들이 동원되어 김장을 하는데 무채 썰고 속 버무리는 일을 부자(父子)가 했다. 속 버무리는 일은 힘 든다며 남자가 해야 한다는 게 그 댁 할아버지 주장이었다고 하는데 세상을 앞서보는 선견지명이 있으셨다. 동네 아주머니들은 남자가 음식을 한다며 뒤에서 흉을 보았다.

지금 생각하니 남자의 부엌일이 흉이었던 시대라 해도 부러움 때문이 아니었나싶다. 품앗이하지 않는 점도 거슬렸으리라. 올해는 자격증 취득에 도전한 사위가 빠져서 남편의 수고가 컸다.

신명을 잃고 허리 굽혀 배추에 넣을 속을 버무리는 남편 모습에 친정어머니의 모습이 겹친다.

어머니는 채칼로 썬 무채는 지저분하게 보여서 싫다며 김장 전 날 밤에 무채를 칼로 직접 썰었다. 얌전하게 썬 무채가 큰 그릇에 가지런히 담긴다. 나는 어머니 옆에서 저미고 난 무의 푸른 부분을 먹다가 잠이 들곤 했다. 홀로 어린 자식들을 키워야 하는 어머니는 앞날이 얼마나 막막했을까. 자식이 성장하려면 세월이 흘러야 하고, 아득히 느껴지는 시간을 저미는 심정으로 무채를 썰고 또 썬 것은 아니었을까. 또한 외로움과 고단한 삶을 이웃과 어울림으로 해소했는지도 모를 일이다. 이웃집의 김장 전날이면 어머니는 어김없이 그 집에서 숙련된 솜씨로 무채를 썰었다.

또한 손맛을 인정받아 이웃의 김장 버무리는 일은 어머니 몫이었다. 어머니는 배추에 넣을 속을 비롯하여 총각무, 깍두기도 고무장갑 없이 맨손으로 버무렸다.

저녁이면 벌겋게 양념물이 든 손을 따뜻한 물에 담그고 있는 어머니 모습에 속이 상한 나는 바보 같다며 다른 이들처럼 장갑 끼고 하라고 볼멘소리를 하면 "내가 버무려주기를 원하는 지인들의 청을 뿌리치기도 어렵고, 음식은 손맛"이라고 말씀하셨다.

어머니가 버무려준 김치가 이마를 맞댄 가족의 밥상에 놓여 정을 나누고, 때로는 지인의 시린 속을 풀어주는 단 한 그릇의 양식이 될 수도 있다는 것을 애써 외면하며 나는 우리 어머니가 바보처럼 보였다.

지금도 김장철이면 칼로 가지런하게 썬 무채가 그릇 안에 소복 소복 쌓이던 모습과 뻘건 양념을 맨손으로 버무리던 어머니가 그립다.

내 짧은 손가락은 어머니를 닮았다. 겉모습만 같을 뿐 근면과 솜씨는 어림없는 짝퉁이다. 나는 생명을 이어주는 음식을 만들고, 옷이 되던 어머니 손의 기능을 보고 자랐다. 그런 덕인지 매듭 굵은 거친 손을 보면 정직하게 근로하며 살았을 것 같은 신뢰가 생겨 귀하게 보이니 마음에 눈은 어둡지 않은 것 같다.

오랜 기간 저장해야 하는 김장이어서 일까, 간을 맞추는 일은 여전히 어렵다. 어머님이 계실 땐 '되었다'는 한 말씀이면 족했는데 스스로 해결해야 하는 지금은 간 보는 과정을 여러 번 거쳐야 비로소 마음이 놓인다.

김치가 싱거우면 물러져버려 오래 보관할 수 없다. 나트륨이 주성분인 소금은 음식 소화에는 도움을, 세균에는 저항력을 높여주어 일상생활에 없어서는 안 될 중요한 요소다. 하지만 짜게 먹으면 건강을 해치기 때문에 적정선을 지키는 일은 매우 중요하다. 고대에는 화폐 대용으로 귀한 대접을 받았다는 소금, 없어서도 안 되고 가까이 하기엔 부작용이 많다. 1년을 두고 먹을 김장이기에 간 맞추는 일이 몹시 어렵게 느껴진다. 옥상 밭에 묻은 항아리에 김치를 차곡차곡 넣었다. 항아리 옆의 국화는 이때쯤 만개하여 우리는 화려한 자태를 감상하며 진한 향에 취한다. 야생에서 생장

하여 향이 강한 것이리라.

결혼 전 우리 집에는 마당가 화단에 김장항아리를 묻어 김치를 꺼내려면 마당을 가로 질러야 했다. 눈 쌓인 마당에 어지럽게 찍힌 발자국이 부끄러워 누가 볼세라 덮어씌우듯 건너오곤 했다. 단정한 품행에서 바른 걸음이 나온다고 생각하여 부끄러워했던 것 같다.

내가 항아리에 저장했던 김치 꺼내는 모습을 지켜보던 남편이 "마치 보물을 꺼내는 것 같은 표정이군!" 하고 말한다. 이제는 안다. 건강은 좋은 먹을거리가 주는 것임을.

올겨울은 추우리라는 예보가 들어맞아 항아리 속의 김치에 살얼음이 얼었다. 처음 있는 일이다. 하지만 추위가 아무리 혹독하다 해도 겨울의 유효기간이 지나면 추위가 끝날 것을 알기에 마음이 춥지만은 않다.

희망을 잃지 않는 한 우리네 삶도 그러하리라.

군사부일체

질투를 느끼지 않는 유일한 관계가 부모와 자식 사이라 한다.

우리나라 부모들의 교육열은 세계 어느 나라보다 높다. 부모보다 더 뛰어난 자식을 두고 싶은 소망이 교육열을 높인 원인이리라.

때로는 열의가 지나쳐 생기는 부작용도 만만치 않지만 부모보다 나은 삶을 살기를 바라는 마음이 바탕에 있다는데 이의를 달지 않을 것이다. 자식에게는 아무리 주어도 부족함이 느껴지기에 자식을 전생의 빚쟁이가 빚 받으러 온 것이라 여겨 아까워하지 않고 주는 것이란다. 그런데 주고 또 주는 아깝지 않을 사이에도 권력이 끼어들면 달라지는 것 같다.

아들을 뒤주에 가둬 죽게 만든 영조, 인조에 의한 독살설이 있는 소현세자, 12세의 아들을 앞세워 수렴청정을 했던 문정왕후

등 권력 앞에서는 부모와 자식 사이가 무색해지는 것만 보아도 알 수 있다.

최초의 여황제가 되기 위하여 큰아들을 독살한 당나라의 무측천, 황제 자리를 지키려 세 아들을 한꺼번에 죽인 현종 등 권력의 자리는 예외라는 생각이 든다.

지금은 시대가 변하여 부모가 무조건 희생하는 세상은 아니라고 하지만 어머니는 강하다는 추측을 하게 하는 장면을 얼마 전 목격했다.

절에 가려고 지하철 7호선을 탔다. 도봉산에서 국철로 바꿔 타려면 앞 칸으로 이동해야 시간 절약을 할 수 있어 앞으로 옮겨가는 순간 지하철 바닥에 무릎 꿇고 앉은 젊은 여인이 눈에 띄었다. 여인은 그런 자세로 사연을 이야기했겠지만 나는 미처 듣지 못했고 울고 있는 모습과 지폐가 담긴 파란 플라스틱 바구니만으로 사정을 짐작했다.

그녀의 등 뒤에서 지갑을 열어 지폐 한 장을 꺼내 바구니에 넣어주고 돌아서는데 "얼마나 불쌍한지"라는 울먹이는 소리가 들린다. 황망히 앞 칸으로 이동하여 자리를 잡고 앉았으나 그녀에 대한 동정으로 마음이 아파 자꾸만 눈물이 고이려 한다.

주체할 수 없는 감정이 황당하게 느껴져 우스웠던 장면을 떠올리려 애쓰고 얼굴을 들어 천장을 보고 눈을 깜빡이는데 눈꼬리에서 눈물 한 방울이 기어이 흐른다.

한국 사람은 국물 많은 음식을 좋아하여 눈물이 많다는데 그래서일 거라며 마음을 추슬러도 주책이라는 생각이 든다. 동정을 구하는 일은 다니다보면 수없이 보는데 어찌 그 여인이 유독 내 마음을 아프게 하는지 모를 일이다.

사연은 듣지 못했지만 자식 문제 아니면 젊은 여자가 어찌 그런 자세로 있었겠는가 하는 추측에 가방 속에 있는, 조카 대학입시 격려용으로 구입한 순은의 포크와 유명 메이커의 양말 한 켤레에 부끄러움마저 느끼게 한다.

시대가 변하여 어머니가 변한 것이 아니라 시대가 극한의 모성을 요구할 필요가 없어진 것이 아닐까 하는 생각을 해본다. 옛날에는 집안에 우환이 생기면 집 한 채 없어지는 건 순간이었지만 지금은 국민 의료 제도 도입으로 그런 예는 많이 줄었다. 복지시설 또한 월등히 좋아져 행복추구권이 높아졌다 해도 곳곳에 쓰린 아픔을 감당하기 어려운 이들 역시 무시할 수 없는 숫자이리라.

부모님 돌아가신 후, 부모라는 울타리 없이 매서운 바람 앞에 맞서본 경험이 있는 나는 삶은 상처라고 여긴다. 동생들의 가장 노릇할 때 일이다.

우리에게는 생활이 절실한데 생활의 질을 넘어 지인들의 사치한 이야기는 이질감으로 나를 몹시 외롭게 했다. 동생들과 함께하는 생활이 누나의 희생으로 이루어진 것이라는 주위의 부추김이 내 의식 속에도 도사리고 있었나보다. 윤리적으로 목소리를 낼 수 있었던 나는 교만이 이마에까지 치솟았다. 그런 내게 구해도 필요한 만큼 주어지지 않는 금전은 보이지 않는 아만(我慢)을 굽히는 계기가 되었다. 비로소 무릎 꿇고 겸손을 배웠다. 그때의 쓰라렸던 경험은 주어진 것이 작을지라도 감사하는 마음을 갖게 한다. 그 바람은 매서웠지만 겸손을 가르쳐준 바람이었고 때로는 감사를 일깨워준 바람이었다.

유교에서 가르치는 다섯 가지 실천 덕목 중에 '군사부일체'가 있다. 나라를 다스리는 사람과 스승과 아버지는 은혜가 같고 동급이란다.

왕재(王材)는 하늘이 낸다고 하지만 군주국(君主國)이던 시절과는 달라졌다. 국민의 손으로 뽑는 현재의 민주주의 방식에 임기가 정해져 있는 대통령은 나라를 일정기간 대표할 뿐 어버이와 같다고 생각하는 이가 있을까. 오늘날 어버이와 비견되는 이는 스승이라 할 수 있다.

선천적 인연이 부모자식이라면 후천적 인연은 사제지간이라고 했다. 좋은 어버이가 생활을 따뜻하게 한다면 좋은 스승은 인생의 눈을 뜨게 하고 삶의 질을 높이게 한다.

나는 얼마 전 고은의 소설 ≪선≫을 읽다가 아름다운 장면을 마음속에 새기게 되었다.

불가의 달마대사는 남인도 향지국 셋째 왕자로 중국 선종의 초조(初祖)가 된다. 그 후 5조인 홍인대사가 영남의 오랑캐 출신 나무꾼인 6조 혜능에게 법통을 물려줄 때의 장면이다.

홍인의 문하에는 뛰어난 제자들이 많았는데 그중 신수 수좌가 특출하였다. 대중들은 신수가 법통을 이어받아 6조가 될 것이라고 아무도 의심하지 않았다. 법통이 뒤늦게 들어온, 무식하고 허드렛일 하는 방아꾼에게 넘어간 것을 알면 신수 추종자들에 의해 해침을 당할까 홍인 대사가 피신시켜 준다.

혜능이 남쪽 출신이라 길을 모름으로 어둔 밤, 늙은 스승 홍인이 지팡이에 의지하여 혜능을 강가로 인도한다. 배에 올라 스승이 손수 노를 저으며 "내 너를 건너 주리라." 이에 혜능이 "제가 어리석을 때는 스승께서 건네주셔야 하오나 이제는 스승의 법을 받아 깨우쳤으니 저 스스로 건너가겠습니다."

어느 분야에서든 일가를 이룬 이들의 뒤에는 항상 엄정(嚴正)한 스승이 있다.

얼마 전 신문에는 프랑스 파리에서 폐막한 '롱티보 콩쿠르'에서 아시아인 최초 바이올린 부분 1위를 차지한 신현수(21·한국예술종합학교) 씨의 이야기가 실렸다. '오케스트라상'과 '솔로 리사이틀상'을 함께 받았는데 해외유학 경험이 없는 국내파라는 것이다. 음악계의 대모 김남윤 교수의 제자라 했다. 신현수 씨는 잠결에도 바이올린 소리가 들리는 듯하면 일어나서 연습을 했다고 한다.

본인이 피나는 연습을 했음에도 틀린 부분을 바로 잡아주는 스승이 없었다면 오늘의 영광이 있었을까 생각된다. 스승의 은혜를 갚는 길은 스승을 뛰어 넘는 것이라 했다. 제자를 질투하는 스승은 없을 것이다. 청출어람(靑出於藍)일 수 있는 제자를 두고자 알고 있는 지식을 아낌없이 전해주려는 스승에 대한 보답으로 하루의 공부가 하루치만큼 자라고 한 달이 지나면 또 그만큼 자라는 모습을 보일 수 있다면 사제지간의 커다란 보람이 되리라.

인도의 라즈니쉬는 ≪위대한 도전≫이라는 책에서 사제지간을 서로 그리워하는 '연인' 의 관계로 비유하였다기에 나도 그 책을 구하여 읽어볼 생각이다.

선천의 인연인 부모는 세상을 일찍 등질 수도 있지만 후천 인연인 사제지간은 나이 불문하고 맺어질 수 있으니 연인처럼 그리워할 수 있는 사제지간의 복을 누릴 수 있기를 꿈꾼다.

곤충의 꿈

지난겨울은 책과 함께 행복한 시간을 보냈다.

얼굴 가득 웃음 띤 채 퇴근한 남편이 자랑스레 내민 박스에는 박경리의 소설 ≪토지≫ 전집 21권이 들어 있었다.

"토지 21평만 내 앞으로 사주세요"라는 은유법을 알아들은 남편이 큰 마음먹고 구입했을 전집에는 영수증이 함께 들어있었다. 남편은 책을 읽다가 혹시 발견하게 된 파본이 있어 교환하려면 영수증이 필요할 거라며 부언설명을 해준다.

어느 날은 한 권 이상 읽기도 했다. 남편과 책씻이를 할 때마다 제대로 책을 구하여 읽을 수 없었던 어릴 적 생각에 잠길 때가 있다. '내가 아무런 방해도 받지 않고 내 책을 읽을 수 있는 온전한 안락함과 행복을 누려도 되나' 하는 두려움 사이로 이외수의 책에서 읽은 누에고치에 지난날이 비교되었다.

누에는 알에서부터 한살이를 시작한다. 한 개의 알은 한 개의 점으로 고정되어 있기 때문에 스스로는 조금도 움직일 수 없어 공간이나 입체를 지각하지 못한 상태에서 겨울을 보내고 봄이 되면 부화를 한다.

나 역시 글을 깨우쳐 스스로 책을 읽을 수 있게 되기까진 나름대로 사고를 하고 발육은 했을 게다. 하지만 의식수준은 지각 못하는 누에의 알과 크게 다르지 않았을 테니 허물을 벗기 위한 누에의 첫잠에 해당되었으리라.

내가 10대였던 시절은 책 읽는 취미가 있다고 하여 쉽게 책을 사서 읽는 호사를 누릴 수 있는 집이 흔치 않았다. 배곯는 일이 더 많던 그 시절, 이웃에 있는 술도가의 많은 책들은 내게 선망의 대상이었다. 또한 내 지식의 원천이기도 했다.

책 주인은 동화, 한국문학, 세계문학 등 새 책이나 다름없는 책들을 내게 흔쾌히 빌려주곤 했다.

가능한 빨리, 그리고 훼손하지 않고 깨끗이 돌려줘야 다시 빌려볼 수 있다는 중압감 속에서 이광수를 알았고 헤세를 알았다. 내용을 제대로 깨달았을까마는 읽는 즐거움을 놓지는 않았다.

이때가 누에의 5령 애벌레에 해당되었을 것 같다. 허물을 벗기 위한 잠을 자고, 한번 잠이 끝날 때마다 한 살씩(1령) 먹는다는데 5령이면 뽕잎을 왕성하게 먹는다. 1령의 몸무게의 10,000배가 된다니 먹성 또한 짐작이 간다. 나 역시 동화로 시작한 기초의 독서가 거듭될수록 읽는 속도가 붙고 내용이 깊어져 갔다.

5령 애벌레는 일주일의 뽕잎 먹기가 끝나면 고치실을 토사해서 고치를 만든 후에는 유충의 껍질을 벗고 번데기가 된다. 나는 독서를 중단했던 기억은 별로 없다. 환경의 변화로 어려움이 생겼을 때엔 오히려 책속에서 위로를 받았다. 책은 내가 경제적으로 가장 손쉽게 접할 수 있는 여행이었고 오락이었다. 채울 수 없었던 물질에 대한 반발은 형이상학을 꿈꾸며 정신적인 세계를 동경했다. 왕성하게 지식을 받아들이고 덜 익은 사유로 번민하던 그때가 내 인생에서 번데기가 되기 전 아니었을까 싶다. 딱딱한 번데기 속에서 12일 동안 꼼짝 못하고 캄캄한 어둠 속의 고독과 등껍질이 찢어지는 아픔을 감내해야 날개를 가질 수 있다.

곤충은 유시형(有翅形)과 무시형(無翅形)이 있다. 날개를 가진 유시형 곤충은 거의가 소량의 먹이만으로 생명활동을 한다. 먹이를 최상의 즐거움으로 삼는 단계를 벗어난 생명체다. 반면 무시형 곤충은 먹는 즐거움으로 만족하면서 밑바닥을 기어 다닌다.

몸이 무거우면 나는데 지장이 있어 유시형 곤충은 소량의 먹이만으로 살 수 있다는 그 대목이 지난날의 나를 회상케 한다.

한때 나는 먹는 것에 별 욕심이 없었다. 영혼이 투명해질 수 있기를 간절히 원하는 마음은 주림이나 겨우 면하면 그걸로 만족했다. 몹시 배부른 상태가 되면 머릿속이 둔해진 듯한 느낌에 무시형 곤충 같은 내가 혐오스러웠다.

적게 먹으니 위는 점점 줄었고 위가 줄어 소량으로 허기를 채웠다. 그런 악순환은 위를 늘리는 요법을 써야 한다는 지경에 이르렀으니 그 시절을 생각하면 지금도 내 지적 허영심에 웃음이 난다. 그때 얻은 별명이 '한 이슬'이다.

내 서재에 책이 제법 많다. 없애는 책보다 늘리는 숫자가 많으니 자연 책장을 가득 채워 책꽂이를 더 구비했다. 가끔 책을 줄이라는 남편의 지청구가 이어진다. 하지만 내 소유의 책을 구입할 수 없었던 어린 날의 간절한 소망이 떠올라 쉽게 내놓을 수가 없다. 남편의 충분한 사랑에도 불구하고 책은 내게 다른 색깔의 위안이다.

내가 글을 배워 책을 읽었던 시기가 무시형 곤충에 해당된다면 글을 쓰고자 하는 지금은 유시형 곤충에 비교하고 싶다.

날개를 가진다는 건 등껍질이 찢어지는 아픔을 감내해야 된다. 나도 등껍질을 찢는 아픔을 겪고서라도 영혼을 울리는 좋은 글을 쓸 수 있기를 소망한다. 그래서 하늘을 날고 싶은데 꿈으로 끝나지 않기를.

바람

날씨가 닷새째 몹시 춥다.

나는 독서하기 위해 무릎에 담요를 덮고 창가 의자에 자리를 잡았다.

바람이 분다. 창문이 덜컹거린다. 바람소리에 잠시 귀를 기울이다 커피 한 잔을 준비해 창가에 서서 바람소리에 묻어온 어릴 적 기억을 떠올렸다.

내 유년시절엔 날씨가 지금보다 훨씬 추웠다. 수은주도 낮았고 나무땔감을 사용하는 난방조건도 좋지 않았다.

저녁나절 아궁이에 땔감을 넣어 데워진 구들은 아침이면 식어 방안의 걸레가 얼기 일쑤였다. 그때도 책읽기를 좋아했던 나는 이불을 머리 위까지 뒤집어쓰고 엎드려서 책을 읽었다. 밤이 깊어 주위는 적막한데 바람소리는 유난스레 들렸다. 특히 전선줄이 바람에 윙윙 흔들리는 소리는 더욱 춥게만 느껴졌다.

지붕을 훑고 지나가는 바람소리는 무섭기까지 했다. 그럴 때마다 바람에도 끄떡하지 않을 집에서 살고싶다는 생각을 했다. 아기 돼지 삼형제가 생명을 위협하는 늑대에 맞서 튼튼한 집을 지었던 동화속의 막내 돼지처럼 나도 바람에 끄떡 않을 튼튼한 벽돌집에서 살리라.

유년이 지나자 바람이 무조건 싫거나 두려움을 느끼는 경우도 상황에 따라 달라졌다. 겨울에 연탄난로 위 주전자에서 뽀얗게 뿜어져 나오는 수증기와 함께 바람 부는 거리의 풍경은 낭만으로 느껴졌다.

바람은 또한 봄을 알리는 전령이다.

친정집은 수락산 끝자락에 있었다. 겨울에는 폭포 줄기따라 물줄기가 얼었다. 하얗게 얼어있는 물줄기를 내려다보면 마치 산의 건강한 뼈대를 보는 듯하다. 뺨을 스치는 바람이 차가웠지만 기분은 상쾌하여 푸른빛이 도는 얼음 위를 조심스레 밟아보기도 했다. 설이 지나 바람의 느낌이 달라지면 폭포 줄기인 얼음 밑으로 졸졸 졸 흐르는 물소리와 함께 실하게 보였던 뼈대는 군데군데 구멍이 숭숭 나 있다. 골다공증 걸린 뼈가 이렇지 싶어 봄바람에 서글픔을 느꼈던 기억이 이제는 아스라하다.

바람은 우리에게 많은 도움을 주지만 열대성저기압 태풍으로 변하면 우리 생활을 위협한다.

황태덕장, 풍력발전기는 바람이 반드시 필요한 곳이다. 바람에 실려 온 먹장구름은 그칠 것 같지 않은 소나기를 퍼붓기도 하지만 바람이 구름을 몰아내면 비가 언제 쏟아졌을까 싶게 비가 그치고 햇빛이 비친다. 우리네 인생도 그와 같아 밝은 햇빛이 있는가 하면 비바람도 지난다.

일체유심조라, 행복과 불행은 우리가 마음먹기에 따라 달라지는 것이 아닐까! 영원히 머무는 것은 없고 다만 기다리는 자세에 따라 앞날이 달라진다는 것을 책 속에서 간접 경험했다면 자연에서는 긍정하는 마음을 길렀던 것 같다. 함박눈이 내리면 마음은 푸근하여 행복했고, 비 오면 빗소리가 마음을 차분하게 해주어 책읽기에 좋았다.

바람은 기압의 변화, 또는 사람이나 기계에 의하여 일어나는 공기의 움직임으로 우리가 느낄 수는 있지만 바람 자체로는 우리 눈에 보이지 않는다. 형상 없이, 바람에 흔들리는 사물을 통해 느낄 뿐이다.

국지적 바람은 지역 기후에 큰 영향을 끼치며 지역 날씨에 영향을 받는다. 풍속과 돌풍은 한낮에 강하게 나타난다. 낮에는 태양에 의해 지표면이 가열되어 공기가 상승하고 상층풍의 각 운동량 보존을 위해 다시 하강기류가 생긴다. 밤에는 돌풍성이 소멸되어 풍속도 일반적으로 약하다.

지금처럼 부엌이 집안으로 들어오기 전인 옛날에는 마당 수돗가에서 물로 씻는 일은 모두 처리했다.

봄에 수돗가에서 쌀을 씻다가 흙먼지 섞인 돌풍을 만나면 낭패를 겪을 때도 있었다. 그때 이웃에 살던 어머니 친구는 "해가 지면 묘하게도 바람이 멈춘다."라며 난감해하는 내게 일러주셨다. 생활에서 터득한 그분의 다양한 지혜에 나는 감탄했고 지금도 가끔 그분의 경험이 배인 가르침을 받고 싶어질 때가 있다.

오래 전 이 땅에 태어난 대부분의 어머니들이 그렇듯, 그분도 딸이라는 이유로 글을 배우지 못했다. 아들은 개인선생을 들여 가르칠 정도로 넉넉한 생활이었음에도 부당한 대우를 받았다. 대신, 생활에서 터득한 지혜는 남다른 분이라 자문을 구하는 내게 좋은 스승이 되어주셨다.

사람이 우수하기는 해도 재해를 겪고서야 자연현상에 관심을 갖는다. 이제는 지진에 대비하여 내진설계를 하는 걸 보면 사람이 자연을 따라 가는 게 숨 가쁜 것 같다.

어릴 적 바람에 지붕이 들썩이는 소리가 두려워 지붕을 콘크리트로 지은 서양식 건물은 모든 자연 재해 앞에 튼튼할 줄 알았는데 반드시 그런 것만도 아닌가 보다. 콘크리트에 비하여 약해 보이는 목재로 지은 오래된 건물을 볼 때면 경이롭기까지 하다. 심지어 고택(古宅)에서 나온 목재는 훌륭한 재목이 된다. 뒤틀림 없는 재료로 만든 명품이라 고가(高價)에 거래되는 것을 더러 보았다. 사찰에서 쓰는 경상(經床)이 그렇고 악기도 오래된 나무를 사용하면 귀한 대접을 받는다. 그뿐이랴 문화재를 헐어서 다른 장소에 옮겨 짓기도 한다. 반면에 콘크리트건물을 헐어 재활용한다는 이야기는 별로 들어보지 못했다. 그리고 보면 부드러움이 강한 것을 이긴다는 진리를 새삼 느끼게 된다. 지나가는 나그네의 옷을 벗긴 건, 강한 바람이 아니라 따뜻한 햇볕이었다. 유연한 마음이 경직된 이를 이기는 건 삶의 진리다.

어느 고승이 임종할 때 주위 제자들에게 혀를 내밀어 보이고 잇몸을 보여줬단다. 부드러운 혀는 남아있는데 단단한 치아는 하나도 남아있지 않으니 부드러움이 강한 것을 이긴다는 무언의 임종게라고나 할까.

지금은 현대식 건물에 산다. 아파트가 아닌 단독이라 앞뒤로 건물이 있다. 어릴 적 꿈처럼 거실 창 앞에 흔들의자를 놓고 바람이 나목을 흔드는 모습, 함박눈이 나무에 옷을 입히는 모습을 볼 수는 없다. 딸의 방 창가에서 여고 교정이 보인다. 그 방 창가에 의자를 놓고 눈이 내리거나 바람이 심한 날은 그 의자에 앉아 책을 읽으며 밖을 내다본다.

바람이 불어 비가 들이쳐 창문을 열 수 없는 답답한 여름에는 현관 밖 계단에 둥지를 튼다. 오래 전에 지은 건물이라 계단을 건물 밖에 만들었다. 계단 오를 때 비 맞지 않도록 계단 위 옥상에서부터 유리로 덮었다. 그 계단 위에 철 지난 두툼한 잡지를 놓고 앉아 거리의 풍경을 보며 책을 읽기도 한다.

취직을 못하는 젊은이가 많고 고령화가 빠르게 진행되는 우리 사회에 필요한 건 건전한 바람이다. 일자리 나누기, 공직자의 청렴, 노블레스 오블리주 등 도덕적 정신과 솔선수범하는 공공정신이 일으키는 바람을 기대한다.

착각은 자유

착각은 생각이나 사물을 실제와 다르게 느끼는 감정이다. 한때 '착각은 자유야'라는 말이 유행했는데, 본인에게 유리한 쪽으로 해석하는 이기심을 야유하는 말이다.

하지만 착각이라도 남에게 피해를 주지 않는다면 부정적으로만 볼 일은 아니라는 생각이다. 나는 오랜 시간을 착각에 빠졌던 것 같다.

내가 결혼하여 맏며느리로서 맞은 첫 설이었다. 아침 일찍 일어나 입맛이 없는데다 늦게 출발하면 성묫길이 막힌다며 서둘러 상을 물리니 식구들이 먹는 떡국의 양은 많지 않았다. 3대에 올린 연시제(年始祭)의 떡국은 많이 남기 마련이라 한숨이 절로 나왔다. 지금 같으면 남은 떡국의 떡을 건져 국물과 따로 놓았을 것이다. 좋은 쌀로 만든 떡은 수축이 되어 국물을 부어 데우면 식감을 어느 정도 유지한다. 그때는 요령이 없어 솥에 그대로 놔두니 떡이 국물에 퉁퉁 불었다.

성묘 다녀온 시동생에게 "밥을 할까요? 떡국을 끓일까요." 물으니 "아침에 끓인 떡국 데워주세요"라고 한다. 내가 "퉁퉁 불었는데" 말하니 시동생은 "나는 떡국은 불어야 좋더라"고 말하며 새로 국을 끓이려는 나를 적극 만류한다. 쫄깃쫄깃한 식감을 좋아하는 나는 '내 속 짚어 네 속' 이라고 퉁퉁 불은 떡국 먹을 형수를 생각하여 그러는 줄 알고 참으로 고마워했다.

좋은 시동생들이라는 호감을 갖고 대한 관계가 나쁘지 않았다고 생각하면 그 또한 나만의 착각이었을까! 사람 귀하게 아는 좋은 집안에 시집온 나는 복이 많다고 그렇게 새록새록 감사해 하며 매년 설을 보냈다.

올해 설 역시 예년과 다르지 않았는데 시동생이 아침에 끓인 떡국 데워 달라며 혼잣말인 듯 덧붙인 "나는 붇지 않은 떡은 용서할 수 없어." 며칠씩 불은 떡국 먹을 형수를 위해서가 아니라 좋지 않은 치아를 가진 개인의 기호였던가! 비로소 사태가 바로 보이는 것 같았다. 그럼 지금까지 나 혼자만의 착각이었나.

아무렴 어때. 그 개인 기호가 나도 좋고 본인도 좋았으면 됐지. 이만하면 서로 잘 맞는 가족 아닌가. 생각하는 한편 예전에 들은 주지스님 법문을 떠올렸다.

옛날 어느 곳에 사이가 아주 나쁜 고부가 있었단다.

서로 미워하는 마음 때문에 괴로워하는 며느리 상담을 맡으신 스님께서 말씀하셨다. "시어머니가 죽었으면 좋겠지요? 쥐도 새도 모르게 서서히 죽이는 방법이 있는데…" 눈길을 떨구는 며느리에게 넌지시 이르는 말씀. "그 시어머니에게는 밤이 상극이다. 시장에 가서 제일 좋은 밤을 구해다 하루도 거르지 말고 매일 찐밤 몇 개씩 드리도록 하라"고 했다. 간식이라며 매일 밤 찐밤을 내어놓는 며느리의 정성이 날이 가고 달이 가도 변하지 않았다. 착한 며느리를 공연히 고깝게 생각했구나 하는 후회가 들어 시어머니는 며느리에게 살갑게 대했고, 시어머니의 사랑을 받게 된 며느리는 그동안 시어머니를 오해하여 몹쓸 짓을 했다며 반성했으니 시어머니의 착각이 만든 결말일지라도 이 아니 좋은가. 관계 개선에 사랑만한 명약이 없다는 사실은 동서고금이 다르지 않은 것 같다.

위의 사례들은 '착각'이 관계 개선에 어쩌다 도움이 된 경우였고, 사전적 의미대로라면 부정적이다.

신체 나이가 젊다고 착각하고 있던 내게 생각과 신체는 다를 수 있음을 깨닫게 하는 충격적인 일이 있었다.

연초에 부부동반 모임이 끝나 귀가하던 때의 일이다. 점심시간이지만 술을 피할 수 없는 자리라 대중교통을 이용했는데 밖의 날씨가 그날따라 몹시 추웠다. 건대동문회관에서 나와 이마트 횡단보도 앞에서 돌아보니 우리가 타야 할 버스 역시 신호를 기다리고 있지 않은가. 집 방향으로 가는 유일한 노선의 그 버스는 배차

간격이 긴 편이다. 그 버스를 꼭 타야겠다고 결정한 나는 남편에게 신호만 바뀌면 내가 먼저 뛰겠다고 말했다. 횡단보도만 건너면 버스 정류장이 코앞이고 남편은 무릎이 안 좋아 뛰지 못하지만 그쯤이야 나는 자신감이 충만했다. 의기양양하게 남편에게 빨리 오라고 손짓하는 나를 상상하며 신호가 바뀌자 나는 달렸고 버스도 움직였다. 그런데 횡단보도 거의 끝나는 지점에서 마치 두 발이 땅에 붙은 듯 움직여지지 않는데 상체는 달리던 탄성 때문에 앞으로 넘어졌다. 아! 창피해라. 나는 벌떡 일어나 다시 뛰어 버스를 타긴 했지만 그 모습 보았을 버스기사 보기 부끄러워 애꿎은 남편한테 투정을 부렸다. 남편은 내 얼굴이 땅에 닿아 다쳤을까 걱정했지만, 겨울 들어 제일 추웠던 날이라 두꺼운 다운 파커를 입었기에 가슴 부위가 두툼해 다른 부상은 없었다.

두 발이 마치 자석에 붙은 듯 했던 그날의 느낌이 지금도 생생하다. 착각에서 깨어나 60대로 들어선 현실을 받아들여야 할 시점이 되었다고 생각하면서도 마음 한쪽에서는 아직도 주절주절 변명거리가 떠오른다.

그날같이 추운 날 준비운동 없이 뛰었으니 젊은이라도 그런 결과는 당연한 게 아니겠느냐고. 나이 드는 것을 인정하지 않는 이 마음이 나이를 먹었다는 반증 아니겠는가.

착각의 자유를 누린 대가(代價)가 커서 '나는 착각을 하지 않는다는 망상은 버려야 한다.'라는 말을 실감한 날이었다.

창작의 길

올해 강원도에 연일 폭설이 내렸다는 소식이다.

강릉시에는 9일 간이나 눈이 내내 쏟아져 103년 기상관측사상 최장기 적설을 기록했다. 바람 길이 산맥에 막힌 탓으로 한 지역이 눈 폭탄을 맞은 것이다. 이웃과의 왕래가 끊기고, 습기를 머금은 눈 하중을 이기지 못한 가옥의 지붕이 내려앉고 시설물들은 무참히도 무너져 보는 이들을 안타깝게 한다.

4년 전 일이 생각난다.

아침에 창밖을 보니 함박눈이 내리고 있었다.

경인년 시무식 첫날의 서설이라며 상서로움을 기대했던 마음은 시간이 지나자 걱정으로 변했다.

드문드문 꽃잎처럼 날려야 할 함박눈은 폭설로 변해 금방 바닥에 두텁게 쌓인다.

교통체증과 안전을 염려한 남편은 대중교통을 이용한다며 차를 두고 집을 나섰고, 문학수업을 받기 위해 집을 나서던 나도 운동화로 바꾸어 신었다.

한두 시간이면 그치려니 했던 눈은 멈출 줄 모르고, 옥상에 눈이 쌓였을 집 걱정으로 두 시간 수업이 무척 길게 느껴졌다.

우리 집은 옥외 계단이라 그 위에 천장처럼 덮개를 유리로 씌웠다. 눈이 내리면 하중을 이기지 못할까싶어 긴 자루의 비로 쓸어내려주곤 한다.

대리석 계단은 눈이 내리면 미끄러워 그 역시 빗자루 끝으로 쓸어준다. 한 지붕 여러 가구가 살지만 낮 시간은 대부분 집이 비어 눈 치우기는 거의 내 몫이다.

100여 년 만에 28cm를 기록했다는 강설량으로 운행 중인 차가 줄어 거리는 벌판처럼 보였다. 눈이 소음을 흡수하여 정적이 감도는 설경 위로 한 남자가 서 있는 듯한 착각에 부지런히 내딛던 발을 잠시 멈추고 주변 풍경에 마음을 빼앗겼다. 그 무렵 읽었던 최인호의 소설 ≪상도≫ 속 한 장면이 오버랩된 것이다.

어릴 때부터 품었던 문학에 대한 동경으로 늦게나마 원하는 길에 들어선 나는 그 무렵 좋은 글을 쓰고 싶은 열망을 갖고 있었다. 선천적으로 타고난 필력이 있는 게 아니요, 후천적으로 각고의 노력을 하는 것도 아닐진대 원하는 대로 글이 쓰이는 게 아니어서 좌절하고 있던 때였다. 기왕에 창작 예술가의 길로 들어섰으니 내 글을 읽은 누군가에게 위안이 되고 싶었던지라 작품의 완성을 위해 혼신을 다하던 도공의 모습에 마음이 이끌렸나보다.

경기도 광주 분원에서 왕실의 진상품을 만들던 우명옥은 도공들의 꿈인 설백자기를 구워보라는 스승의 권에 따라 종일 눈 속에 서 있곤 했다. 스승은 단순히 흰색을 보는 것이 아니라 고정관념들을 버려야 원하는 작품을 만들 수 있다며 시인들이 재능을 겨루기 위해 미리 어떤 글자를 금하는 금체시(禁體時)의 예를 들었다.

가령 눈(雪)을 시제로 할 경우 옥(玉)·매(梅)·이(梨)·학(鶴)·은(銀)·염(鹽) 등의 단어를 금하고 다른 단어로 재능을 겨뤄야 하는 백전(白戰)에 비유했다. 눈을 논하며 학이며 은이며 소금을 빼는 맨손의 싸움이 어찌 시에만 해당되는 말이랴! 창작수필을 쓰는 우리도 귀담아 들어야 할 주옥같은 말이 아닐 수 없다. 꽃을 보고 아름답다는 표현은 누구나 할 수 있는 것을 작가가 그렇게 묘사한다면 그 글은 이미 신선함을 잃은 글이다.

당서에도 글 쓸 때의 마음가짐으로 담대심소(膽大心小)하라고 했다. 대담하게 묘사하되 세심함 또한 잃지 마라. 매의 눈처럼 날카롭게 관찰하되 따스한 가슴으로 보듬어 발효 시킨 글이라는 뜻으로 나는 해석한다. 물론 쉼 없는 독서의 힘이 뒷받침되어야 할 것이다.

우명옥은 스승도 전율케 한 설백자 한 점을 만드는데 성공하였지만 한겨울 내내 눈밭에서 머물러 실명의 위기 속에서 만들고 깨기를 반복한 후 얻은 결과였다.

그 부분을 읽으면서 내가 감명 받았듯 나도 누군가의 마음에 남는 글을 쓰고 싶었다.

젊은 시절 가장의 짐을 지고 고단한 삶을 살 때 내가 위안을 얻은 곳은 책 속의 내용이었다.

'동틀 무렵이 가장 어둡다'는 경구에서 희망을 꿈꿨고, '땅에서 넘어진 자 그 땅 짚고 일어나라'는 구절 앞에서 다시금 용기를 내기도 했다. '신은 인간의 능력을 초월한 시련은 주지 않는다.' '인간은 팽이 같아서 고통의 매를 맞으면 맞을수록 강해진다.' 등등, 어린 나이에 인생을 알면 얼마나 알았겠는가마는 아프면서 성장하는 이치를 어렴풋이 마음으로 받아들이려고 노력은 했었다.

생활의 고달픔을 잊고 싶은 마음은 희망을 얘기하는 책 내용에 때로는 기대고 또한 그 뒤에 숨기도 했고, 책은 그런 내 현실의 돌파구 역할을 충실히 해주었다.

하지만 글이 어디 쉽게 쓰여지던가. 악성(樂聖) 베토벤은 명곡 하나를 얻기 위해 수많은 악보를 그렸고, 우명옥도 설백자 한 점을 위해 눈과 사투를 벌이고도 만들고 깨기 그 얼마였던가.

김소월의 〈진달래꽃〉도 처음 발표된 후 지금 우리가 알고 있는 내용이 되기까지 3년 동안 수없이 다듬은 결과라니 마음에 위안이 되기도 한다.

톨스토이 역시 퇴고에 퇴고를 거듭했다니 악성이나 대문호라는 수식어가 그냥 붙여지는 것이 아니었고, 오랜 세월이 흘러도 여전히 명작으로 남아 여러 사람들에게 회자되는 이유다.

추앙받는 그들이 그럴진대 필력이 평범한 나는 열심히 쓰고 또 쓰기를 반복해야 하리라. 나이 먹어서도 글쓰기는 할 수 있으니 참으로 다행이다. 이만하면 축복받은 인생이란 생각에 내가 이 길로 들어설 수 있도록 인연 지어진 모든 이에게 감사한다.

조승연 수필집

거미와 뜨개질